D0753736

Contemporánea

Ricardo Piglia nació en Adrogué, en la provincia de Buenos Aires, en 1940. Trabajó durante una década en distintas editoriales de Buenos Aires y dirigió la famosa colección Serie Negra, que difundió la obra de Dashiell Hammett, Raymond Chandler, David Goodis y Horace McCoy. *La invasión* (1967), su primer libro de relatos, recibió el Premio Casa de las Américas, al que siguieron las narraciones incluidas en *Nombre falso* (1975). Su primera novela, *Respiración artificial* (1980), tuvo una gran repercusión en los círculos literarios y fue considerada una de las más representativas de la nueva literatura argentina. Otras de sus obras son *Prisión perpetua* (relatos: 1988), *La ciudad ausente* (novela: 1992), *Plata quemada* (novela: 1997), *Blanco nocturno* (novela: 2010; Premio Nacional de la Crítica 2011) y *El camino de Ida* (novela: 2013). También publicó varios ensayos sobre literatura como *Crítica y ficción* (1986), *Formas breves* (1999) y *El último lector* (2005). A lo largo de su trayectoria, impartió clases en diversas universidades de Estados Unidos, y fue distinguido como profesor emérito en Princeton University. Murió en Buenos Aires el 6 de enero de 2017.

Ricardo Piglia

El camino de Ida

DEBOLS!LLO

Primera edición: enero de 2015
Segunda reimpresión: febrero de 2017

© 2013, Ricardo Piglia
c/o Guillermo Schavelzon & Asoc., Agencia Literaria.
www.schavelzon.com
© 2015, Penguin Random House Grupo Editorial, S. A. U.
Travessera de Gràcia, 47-49. 08021 Barcelona

Printed in Spain – Impreso en España

ISBN: 978-84-9062-437-1
Depósito legal: B-24.071-2014

Compuesto en Comptex & Ass., S. L.

Impreso en Liberdúplex
Sant Llorenç d'Hortons (Barcelona)

P 6 2 4 3 7 A

Penguin
Random House
Grupo Editorial

A Germán García por la vuelta

Es infinita esta riqueza abandonada.

EDGAR BAYLEY

I
El accidente

CAPÍTULO UNO

1

En aquel tiempo vivía varias vidas, me movía en secuencias autónomas: la serie de los amigos, del amor, del alcohol, de la política, de los perros, de los bares, de las caminatas nocturnas. Escribía guiones que no se filmaban, traducía múltiples novelas policiales que parecían ser siempre la misma, redactaba áridos libros de filosofía (¡o de psicoanálisis!) que firmaban otros. Estaba perdido, desconectado, hasta que por fin —por azar, de golpe, inesperadamente— terminé enseñando en los Estados Unidos, involucrado en un acontecimiento del que quiero dejar un testimonio.

Recibí la propuesta de pasar un semestre como *visiting professor* en la elitista y exclusiva Taylor University; les había fallado un candidato y pensaron en mí porque ya me conocían, me escribieron, avanzamos, fijamos fecha, pero empecé a dar vueltas, a postergar: no quería estar seis meses enterrado en un páramo. Un día, a mediados de diciembre, recibí un correo de Ida Brown escrito con la sintaxis de los antiguos telegramas urgentes: *Todo dispuesto. Envíe Syllabus. Esperamos su llegada.* Hacía mucho calor esa noche, así que me di una ducha, busqué una cerveza en la heladera y me senté en el sillón de lona frente a la ventana: afuera la ciudad era una masa opaca de luces lejanas y sonidos discordantes.

Estaba separado de mi segunda mujer y vivía solo en un departamento por Almagro que me había prestado un amigo; hacía tanto que no publicaba que una tarde, a la salida de un cine, una rubia, a la que yo había abordado con cualquier pretexto, se sorprendió cuando supo quién era porque pensaba que estaba muerto. («Oh, me dijeron que te habías muerto en Barcelona.»)

Me defendía trabajando en un libro sobre los años de W. H. Hudson en la Argentina, pero el asunto no prosperaba; estaba cansado, la inercia no me dejaba mover y estuve un par de semanas sin hacer nada, hasta que una mañana Ida me localizó por teléfono. ¿Dónde me había metido que nadie podía encontrarme? Faltaba un mes para el inicio de las clases, tenía que viajar ya mismo. Todos me estaban esperando, exageró.

Le devolví las llaves del departamento a mi amigo, puse mis cosas en un guardamuebles y me fui. Pasé una semana en Nueva York y a mediados de enero me trasladé en un tren de la New Jersey Transit al tranquilo pueblo suburbano donde funcionaba la universidad. Por supuesto Ida no estaba en la estación cuando llegué, pero mandó a dos estudiantes a esperarme en el andén con un cartel con mi nombre mal escrito en letras rojas.

Había nevado y la playa de estacionamiento era un desierto blanco con los coches hundidos en la bruma helada. Subí al auto y avanzamos a paso de hombre en medio de la tarde, alumbrados por el brillo amarillo de las luces altas. Por fin llegamos a la casa en Markham Road, no muy lejos del campus, que el Housing le había alquilado para mí a un profesor de filosofía que pasaba su año sabático en Alemania. Los estudiantes eran Mike y John III (los volvería a encontrar en mis clases), muy activos y muy silenciosos me ayudaron a bajar las valijas, me dieron algunas indicaciones prácticas, alzaron la puerta del garaje para mostrarme el Toyota del profesor Hubert que venía incluido en el alquiler; me mostraron cómo funcionaba la calefacción y me anotaron un número de teléfono por si me empezaba a congelar («en caso de apuro, llame a Public Safety»).

El pueblo era espléndido y parecía fuera del mundo a sesenta kilómetros de Nueva York. Residencias con amplios jardines abiertos, ventanales de cristal, calles arboladas, plena calma. Era como estar en una clínica psiquiátrica de lujo, justo lo que yo necesitaba en ese tiempo. No había rejas, ni garitas de seguridad, ni murallas en ningún lugar. Las fortificaciones eran de otra índole. La vida peligrosa parecía estar fuera de ahí, del otro lado de los bosques y los lagos, en Trenton, en New Brunswick, en las casas quemadas y los barrios bajos de New Jersey.

La primera noche me quedé levantado hasta tarde, investigando los cuartos, observando desde las ventanas el paisaje lunar de los jardines cercanos. La casa era muy cómoda pero la extraña sensación de extravío se repetía por el hecho de estar viviendo otra vez en el lugar de otro. Los cuadros en las paredes, los adornos en la repisa de la chimenea, la ropa enfundada en cuidadosas bolsas de nailon me hacían sentir un *voyeur* más que un intruso. En el estudio del piso de arriba las paredes estaban cubiertas de libros de filosofía, y al recorrer la biblioteca pensé que los volúmenes estaban hechos de la materia densa que siempre me ha permitido aislarme del presente y escapar de la realidad.

En los muebles de la cocina encontré salsas mexicanas, especias exóticas, frascos con hongos secos y tomates desecados, latas de aceite y tarros de mermelada, como si la casa estuviera preparada para un largo asedio. Comida enlatada y libros de filosofía, ¿qué otra cosa se podía desear? Me preparé una sopa

Campbell de tomate, abrí una lata de sardinas, tosté pan congelado y destapé una botella de Chenin blanco. Después me preparé un café y me acomodé en un sofá en la sala a mirar televisión. Siempre hago eso cuando llego a otro lugar. La televisión es igual en todos lados, el único principio de realidad que persiste más allá de los cambios. En el canal de ESPN los Lakers vencían a los Celtics, en las News Bill Clinton sonreía con su aire campechano, un auto se hundía en el mar en un aviso de Honda, en la HBO estaban dando *Possessed* de Curtis Bernhardt, una de mis películas favoritas. Joan Crawford aparecía en medio de la noche en un barrio de Los Ángeles, sin saber quién era, sin recordar nada de su pasado, moviéndose por las calles extrañamente iluminadas como si estuviera en una pecera vacía.

Creo que me adormecí porque me despertó el teléfono. Era cerca de medianoche. Alguien que conocía mi nombre y me llamaba profesor con demasiada insistencia se ofreció a venderme cocaína. Todo era tan insólito que seguro era cierto. Me sorprendí y corté la comunicación. Podía ser un chistoso, un imbécil o un agente de la DEA que estaba controlando la vida privada de los académicos de la Ivy League. ¿Cómo conocía mi apellido?

Me puso bastante nervioso esa llamada, la verdad. Suelo tener leves ataques de inquietud. No más que cualquier tipo normal. Imaginé que alguien me estaba vigilando desde afuera y apagué las luces. El jardín y la calle estaban en sombra, las hojas de los árboles se agitaban con el viento; al costado, del otro lado de la cerca de madera, se veía la casa iluminada de mi vecino y en la sala una mujer pequeña, en jogging, hacía ejercicios de taichi, lentos y armoniosos, como si flotara en la noche.

2

Al día siguiente fui a la universidad, conocí a las secretarias y a algunos colegas pero no comenté con nadie la extraña llamada de la noche. Me saqué fotos, firmé papeles, me dieron la tarjeta con el ID que me permitiría acceder a la biblioteca y me instalé en una soleada oficina del tercer piso del Departamento que daba a los senderos de piedra y a los edificios góticos del campus. Estaba empezando el semestre, los estudiantes llegaban con sus mochilas y sus valijas con rueditas. Había un bullicio alegre en medio de la blancura helada de los amplios caminos iluminados por el sol de enero.

Encontré a Ida Brown en el *lounge* de los profesores y fuimos a comer al Ferry House. Nos habíamos visto cuando estuve aquí hacía tres años, pero mientras yo me hundía ella había mejorado. Tenía un aspecto distinguido con su elegante *blazer* de pana, su boca pintada de rojo carmesí, su cuerpo esbelto y su aire mordaz y maligno. («Bienvenido al cementerio donde vienen a morir los escritores.»)

Ida era una estrella del mundo académico, su tesis sobre Dickens había paralizado los estudios sobre el autor de *Oliver Twist* por veinte años. Su sueldo era un secreto de Estado, decían que se lo aumentaban cada seis meses y que la única condición era que debía recibir cien dólares más que el varón (ella no los llamaba así) mejor pagado de su profesión. Vivía sola, nunca se había casado, no quería tener hijos, estaba siempre rodeada de estudiantes, a cualquier hora de la noche era posible ver la luz de su oficina encendida e imaginar el suave rumor de su computadora, donde elaboraba tesis explosivas sobre política y cultura. También era posible imaginar su risita divertida al pensar en el escándalo que sus hipótesis iban a causar entre los colegas. Decían que era una esnob, que cambiaba de teoría cada cinco años y que cada uno de sus libros era distinto al anterior porque reflejaba la moda de la temporada, pero todos envidiaban su inteligencia y su eficacia.

No bien nos sentamos a comer, me puso al tanto de la situación en el Departamento de Modern Culture and Film Studies que ella había ayudado a crear. Incluyó los estudios de cine porque los estudiantes, dijo, pueden no leer novelas, no ir a la ópera, puede no gustarles el rock o el arte conceptual, pero *siempre* verán películas.

Era frontal, directa, sabía pelear y pensar. («Esos dos verbos van juntos.») Estaba empeñada en una guerra sin cuartel contra las células derridianas que controlaban los departamentos de Literatura en el Este y, sobre todo, contra el comité central de la deconstrucción en Yale. No los criticaba desde las posiciones de los defensores del canon como Harold Bloom o George Steiner («los estetas kitsch de las revistas de la clase media ilustrada»), sino que los atacaba por la izquierda, desde la gran tradición de los historiadores marxistas. («Pero decir historiador marxista es un pleonasmo, como decir cine norteamericano.»)

Trabajaba para la élite y contra ella, odiaba a quienes formaban su círculo profesional, no tenía un público amplio, sólo la leían los especialistas, pero actuaba sobre la minoría que reproduce las hipótesis extremas, las transforma, las populariza, las convierte —años después— en información de los medios de masas.

Había leído mis libros, conocía mis proyectos. Quería que diera un seminario sobre Hudson. «Necesito tu perspectiva», dijo con una sonrisa cansada, como si esa perspectiva no tuviera demasiada importancia. Ella estaba trabajando sobre las relaciones de Conrad con Hudson, me dijo, anticipando que ése era su terreno y que no me convenía entrar ahí. (No cree en la propiedad privada, decían de ella, salvo en lo referido a su campo de estudio.)

Edward Gardner, el editor que había descubierto a Conrad, también había publicado los libros de Hudson. De ese modo los dos escritores se habían conocido y se habían hecho amigos; eran los mejores prosistas ingleses de finales del siglo XIX y los dos habían nacido en países exóticos y lejanos. Ida estaba interesada en la tradición de los que se oponían al capitalismo desde una posición arcaica y preindustrial. Los populistas rusos, la *beat generation*, los hippies y ahora los ecologistas habían retomado el mito de la vida natural y la comuna campesina. Hudson, según Ida, le había agregado a esa utopía medio adolescente su interés por los animales. Está lleno de tumbas de gatos y perros en los cementerios de los barrios lujosos del suburbio, dijo, mientras los *homeless* se mueren de frío en las calles. Para ella, lo único que había sobrevivido de la lucha literaria contra los efectos del capitalismo industrial eran los relatos para chicos de Tolkien. Pero, bien, en definitiva, ¿qué pensaba hacer yo en mis clases? Le expliqué el plan del seminario y la conversación siguió ese curso sin mayores sobresaltos. Era tan bella y tan inteligente que parecía un poco artificial, como si se esforzara en atenuar su encanto o lo considerara un defecto.

Terminamos de comer y salimos por Witherspoon hacia Nassau Street. El sol había empezado a disolver la nieve y caminamos con cuidado por las veredas heladas. Iba a tener unos días libres para ambientarme, cualquier cosa que precisara no tenía más que avisarle. Las secretarias podían ocuparse de los detalles administrativos, los estudiantes estaban entusiasmados con mi curso. Esperaba que estuviera cómodo en mi oficina del tercer piso. Cuando nos despedíamos en la esquina frente al campus, me apoyó la mano en el brazo y me dijo con una sonrisa:

—En otoño estoy siempre caliente.

Me quedé seco, confundido. Y ella me miró con una expresión extraña, esperó un instante a que yo dijera algo y luego se alejó resueltamente. Tal vez no me había dicho lo que me pareció escuchar («*In the fall I'm always hot*»), quizá me había dicho *En la caída soy siempre un halcón. Hot-hawks*, podría ser. Otoño quería decir semestre de otoño, pero recién empezaba el semestre de primavera. Claro que *hot* en slang podía querer decir *speed* y *fall* en el dialecto de Harlem era una temporada en la cárcel. El sentido prolifera si uno habla con una mujer en una lengua extranjera. Ése fue otro signo del desajuste que se iba a agravar en los días por venir. Suelo ponerme obsesivo con el lenguaje, resabios de mi formación, tengo un oído envenenado por la fonética de Trubetzkoy y siempre escucho más de lo debido, a veces me detengo en los anacolutos o en los sustantivos adjetivados y pierdo el significado de las frases. Me sucede cuando estoy de viaje, cuando estoy sin dormir, cuando estoy borracho, y también cuando estoy enamorado. (¿O sería gramaticalmente más apropiado decir: me pasa cuando viajo, cuando estoy cansado y cuando me gusta una mujer?)

Pasé las semanas siguientes lleno de esas extrañas resonancias. El inglés me intranquilizaba, porque me equivoco con más frecuencia de lo que me gustaría y atribuyo a esos equívocos el sentido amenazador que las palabras a veces tienen para mí. *Down the street there are pizza huts to go to and the pavement is nice, bluish slate gray.* No podía pensar en inglés, inmediatamente empezaba a traducir. *En el fondo de la calle hay una pizzería y el asfalto (el pavimento) brilla agradable bajo la luz azulada.*

Mi vida exterior era apacible y monótona. Hacía las compras en el supermercado Davidson's, me preparaba la comida en casa o iba a comer al club de los profesores, frente a los jardines de Prospect House. Cada tanto subía al Toyota del profesor Hubert y salía a visitar los pueblos cercanos. Villorrios antiguos, con rastros de las batallas de la independencia o de la cruel guerra civil norteamericana. A veces caminaba por la orilla del Delaware, un canal que en el siglo XIX unía Filadelfia con Nueva York y era la principal vía de comercio. Lo habían cavado a pala los inmigrantes irlandeses y tenía un sistema de exclusas y diques muy complejo, pero ahora estaba fuera de servicio y se había convertido en un paseo arbolado, con lujosas casas en las lomas que daban a las aguas quietas. Estaba helado en esa época del año y los chicos con camperones amarillos y gorras rojas volaban como pájaros con sus patines y sus trineos sobre la superficie transparente.

Una de mis ocupaciones era observar a mi vecina. Ella era la única imagen de paz en mis madrugadas solitarias. Una figura diminuta que cuidaba las flores de un pequeño jardín personal en medio de la tierra muerta. Desde mi cuarto en sombras, en el piso superior, la veía bajar al parque todas las mañanas, caminaba con pasitos cuidadosos por la nieve y luego levantaba la tela amarilla con la que protegía las flores de invernadero que cultivaba en un costado, al abrigo de un muro de piedra. Trataba de que los brotes pudieran superar las heladas y la falta de sol y el aire desolado del invierno. Les hablaba, creo, a las plantas, me llegaba un murmullo apacible en una lengua extraña, como una música suave y desconocida. A veces me parecía oírla silbar, es raro que las mujeres silben, pero una madrugada la escuché modular los *Cuadros de una exposición* de Mussorgsky. La realidad tiene música de fondo y en este caso la melodía rusa —bastante liviana— era muy adecuada al ambiente y a mi estado de ánimo.

3

Había leído varias veces a Hudson a lo largo de mi vida e incluso en el pasado había visitado la estancia —Los Veinticinco Ombúes— donde él había nacido. Estaba cerca de mi casa en Adrogué, yo iba en bicicleta hasta el kilómetro 37 y entraba por la senda de tierra entre los árboles y llegaba hasta el rancho en medio del campo. Nos gusta la naturaleza cuando somos muy jóvenes y Hudson —como tantos escritores que transmiten esas emociones de la infancia— pareció seguir ahí toda su vida. Muchos años después, en 1918, enfermo durante seis semanas en una casa cerca del mar, en Inglaterra, tuvo una especie de larga epifanía que le permitió revivir con una claridad «milagrosa» sus tempranos días de felicidad en la pampa. Apoyado sobre las almohadas y provisto de un lápiz y un cartapacio, escribió sin detenerse, en un estado de afiebrada felicidad, *Allá lejos y hace tiempo*, su maravillosa autobiografía. Esa relación entre la enfermedad y el recuerdo tiene algo de la memoria involuntaria de Proust, pero, como el mismo Hudson aclaraba, «no era ese estado mental conocido por la mayoría de las personas, en que un color o un sonido, o, más frecuentemente, el perfume de alguna flor, asociados con nuestros primeros años, restauran el pasado súbita y tan vívidamente que casi es una ilusión». Se trataba más bien de una suerte de iluminación, como si volviera a estar ahí y pudiera ver con claridad los días que había vivido. La prosa que surgió de esos recuerdos es uno de los momentos más memorables de la literatura en lengua inglesa y también paradójicamente uno de los acontecimientos luminosos de la descolorida literatura argentina.

Quizá escribía así porque el inglés se le mezclaba con el castellano de su infancia; en los originales de sus escritos aparecen a menudo dudas y errores que hacen ver la poca familiaridad de Hudson con el idioma en el que escribía. Uno de sus biógrafos recuerda que a veces se detenía para buscar una palabra que se le escapaba e inmediatamente recurría al español para sustituirla y seguir adelante. Como si la lengua de la infancia estuviera siempre cerca de su literatura y fuera un fondo donde persistían las voces perdidas. Escribía en inglés pero su sintaxis era española y conservaba los ritmos suaves de la oralidad desértica de las llanuras del Plata.

En 1846 los Hudson dejaron Los Veinticinco Ombúes y viajaron hasta Chascomús, donde su padre había arrendado una chacra. Las rutas eran casi intransitables en aquel entonces, y no es difícil imaginar la dificultad del viaje, que duró tres días. Se pusieron en marcha a la madrugada de un lunes en una carreta tirada por bueyes, siguiendo la pobre huella del sendero que iba hacia al sur. Bajo la lona viajaban los padres y los chicos y unas pocas cosas más porque la ropa y los perros y la vajilla y los libros iban en una barcaza por el río. El carro avanzaba lentamente con crujidos y vacilaciones por el medio del campo buscando el camino de las tropas. Una lámpara se balanceaba en la cruz de la carreta y enfrente no se veía más que la noche.

Salía de la biblioteca al caer la tarde y volvía caminando hasta casa por Nassau Street. Muchas veces me sentaba a comer en el Blue Point, un restaurante de pescado que estaba a medio camino. Había un mendigo que paraba en la playa de estacionamiento del lugar. Tenía un cartel que decía: «Soy de Orión» y vestía un impermeable blanco abotonado hasta el cuello. De lejos parecía un enfermero o un científico en su laboratorio. A veces me detenía a conversar con él. Había escrito que era de Orión por si aparecía alguien que también fuera de Orión. Necesitaba compañía, pero no cualquier compañía. «Sólo personas de Orión, Monsieur», me dijo. Cree que soy francés y no lo he desmentido para no cambiar el curso de la conversación. Al rato se quedaba en silencio y después se recostaba en el alero y se dormía.

En casa ordenaba las notas que había tomado en la biblioteca y pasaba la noche trabajando. Me hacía un té, escuchaba la radio, trataba de que no llegara nunca la mañana.

Hudson recordaba con nostalgia el tiempo en que hizo

vida de soldado en la Guardia Nacional y participó en los ejercicios militares y las maniobras de 1854 cerca del río Colorado en la Patagonia. «En el servicio militar aprendí mucho con la tropa sobre la vida del gaucho soldado, sin mujeres ni descanso, y aprendí de los indios a dormir tendido sobre el lomo del caballo.»

A Crystal Age, la novela de Hudson, recreaba esa áspera ilusión ascética en un mundo situado en un futuro lejano. «La pasión sexual es el pensamiento central de mi novela», decía Hudson en una carta, «la idea de que no habrá descanso ni paz perpetua, hasta que se haya extinguido esa furia. Podemos sostener que mejoramos moral y espiritualmente, pero encuentro que no hay cambios, ni ninguna merma en la violencia de la furia sexual que nos aflige. Ardemos hoy con tanta intensidad como lo hacíamos hace diez mil años. Podemos esperar un tiempo en el que ya no existan los pobres, pero nunca veremos el fin de la prostitución.»

4

También yo vivía en un mundo transparente y, atraído por cierta catexis monacal, trataba de seguir una rutina fija aunque me sentía cada vez más alterado. Tenía pequeñas perturbaciones que me producían efectos extraños. No lograba dormir y en las noches de insomnio salía a caminar. El pueblo parecía deshabitado y yo me internaba en los barrios oscuros, como un espectro. Veía las casas en las tinieblas de la noche, los jardines abiertos; oía el rumor del viento entre los árboles y a veces escuchaba voces y sonidos oscuros. Incluso pensaba que esas noches blancas andando por las calles vacías eran en realidad sueños, y de hecho me despertaba a la mañana, agotado, sin estar seguro de no haber pasado la noche dando vueltas en la cama, sin dejar la habitación.

Salía de esos estados medio encandilado, como quien ha pasado demasiado tiempo mirando la luz de una lámpara. Me levantaba con una rara sensación de lucidez, recordaba vívidamente algunos detalles aislados —una cadena rota en la vereda, un pájaro muerto—. Era lo contrario de la amnesia: las imágenes estaban fijas con la nitidez de una fotografía.

Podía ser efecto de una pesadilla o podía ser efecto del insomnio, pero guardaba en secreto esos síntomas. Sólo mi médico en Buenos Aires sabía lo que estaba pasando y de hecho me había recomendado no viajar, pero yo me opuse, estaba seguro de que vivir en un campus aislado me iba a curar. No hay nada mejor que un pueblo tranquilo y arbolado.

—No hay nada peor —me interrumpió el doctor Ahrest, y me extendió una receta. Era un gran clínico y un hombre afable, siempre estaba sereno. Según Ahrest, yo padecía una extraña dolencia que él llamaba *cristalización arborescente*. Era un efecto del cansancio y del exceso de alcohol, como si de pronto sufriera pequeñas crisis de rememoración nerviosa. Tal vez era mi dolencia o tal vez la sensación de extravío que se agravaba en un sitio en el que ya había estado años antes y que recordaba vagamente.

Cuando me sentía muy encerrado me escapaba a Nueva York y pasaba un par de días en medio de la multitud de la ciudad, sin llamar a nadie, sin hacerme ver, visitando lugares anónimos y evitando el Central Park y los sitios muy abiertos. Encontré la cafetería Renzi's en MacDougall Street y me hice amigo del dueño, pero no supo decirme por qué el café tenía ese nombre. Paraba en Leo House, una residencia católica, atendida por monjas. Había sido un hospedaje para los familiares que visitaban a los enfermos de un hospital cercano, pero ahora era un pequeño hotel abierto al público donde tenían prioridad los sacerdotes y los seminaristas. Los veía a la hora del desayuno, célibes y ceremoniosos, riéndose de cualquier cosa como los niños y leyendo con aire deliberadamente abstraído sus libros religiosos.

Salía de allí, como tantas veces en la noche de Buenos Aires, buscando una aventura. Daba vueltas por el Village o por Chelsea, recorriendo las calles heladas y mirando pasar a las chicas en sus grandes abrigos impermeables y sus botitas de caña alta. Estaba envejeciendo, había pasado los cincuenta años y empezaba a ser invisible para las mujeres. Por eso, tal vez, una tarde decidí llamar a Elizabeth Wustrin, que había publicado años atrás mis cuentos en su pequeña editorial. En mi primer viaje a Nueva York, tres años antes, habíamos dormido juntos alguna vez.

Era menuda y muy activa, de piel oscura, medio mulata, en realidad la había criado un matrimonio de inmigrantes alemanes porque su madre —que era negra (*afroamerican*, decía ella)— la había entregado en adopción. Nunca había visto a su madre y no tenía modo de conocerla porque la mujer había tomado todos los recaudos legales para no ser identificada. Al fin, Elizabeth había contratado a un detective para que la encontrara, pero cuando él la localizó en San Luis ella no se animó a ir a verla. La mujer se había cambiado el nombre, vivía en el centro de la ciudad, trabajaba en una revista de moda. Elizabeth no conoció a su madre, pero se hizo amiga del detective, y una tarde fuimos a visitarlo. Se llamaba Ralph Parker, de la Ace Agency, y vivía en un departamento cerca de Washington Square. Abajo, al entrar en el edificio, había un control en la puerta, un detector de metales, cámaras filmadoras. Parker nos estaba esperando al salir del ascensor. Debía tener unos cuarenta años, anteojos oscuros, cara de zorro. Vivía en un ambiente de techos altos, casi vacío, con ventanales sobre la ciudad. Y cuatro computadoras puestas en círculo sobre un amplio escritorio, siempre encendidas, con archivos abiertos y varios *sites* activados. Fue la primera vez que vi un circuito de la web en internet con un buscador especial, el

WebCrawler, que recién había aparecido. El navegador conectaba los archivos con los que Parker estaba relacionado y la información llegaba instantáneamente. Ya no salimos a la calle, los *private eyes*, dijo. Lo que se busca, está ahí. Una de las pantallas estaba conectada con un galpón en el muelle, y al mover el cursor se podía entrar en el edificio y ver a unos hombres sentados a una mesa y escuchar lo que decían. Parker apagó el sonido y dejó la imagen, que fluía como en un sueño. Los hombres reían y tomaban cerveza y en una de las tomas me pareció ver un arma. Tampoco hay ya detectives privados en sentido específico, dijo después, no hay nadie privado que investigue los crímenes. Eso funciona en el cine, en las series de televisión, pero no en la vida. El mundo verdadero es tenebroso, psicótico, corporativo, ilógico. Si estás solo, en la calle, durás dos días, sonrió Parker. Fumaba un *joint* tras otro y tomaba *ginger ale*. La Ace Agency era una organización de múltiples miembros asociados pero independientes. Trabajaban con informantes, con la policía, reclutaban drogadictos, putas, maricas, soldados, se infiltraban, actuaban en banda. Nadie conocía a los otros agentes, todos se conectaban por internet. Mejor no conocer personalmente a los que trabajan con uno, demasiadas malas personas en la profesión. *Private shit*.

Investigaba la muerte de tres soldados negros de un batallón de infantería en la guerra del Golfo, con mayoría de oficiales y suboficiales texanos. Una agrupación de familiares de soldados afroamericanos lo había contratado para investigar. Estaba seguro de que habían sido asesinados. Racismo puro. Los mataron para divertirse. La agencia había contactado a varios soldados que seguían en Kuwait y ellos eran los que iban a develar el asunto. Yo sólo proceso la información, dijo. Si lograba probarlo, irían a los tribunales y les aportaría las pruebas a los abogados. Nos mostró la foto de un arenal con tres jóvenes soldados negros con ropa de combate en el desierto de Irak.

Luego fuimos a comer a un restaurante chino. Parker siguió en la línea de hacerme ver la verdad de su profesión. En 1846, se había abierto en Boston la primera agencia de detectives especializada en el espionaje industrial y en el control de los obreros en huelga. («El seguimiento de un individuo en todo momento y a todas partes para intimidarlo, y la vigilancia encubierta de las incipientes organizaciones sindicales figuraban entre sus actividades habituales.») Parker cultivaba una especie de cinismo romántico, como si él fuera el único que había descubierto que el mundo era un pantano inhóspito. La luz en esa oscuridad parecía ser Marion, su ex mujer, que lo había dejado de un día para otro y a la que trataba de reconquistar sin éxito. La muchacha trabajaba en una librería y cuando Parker supo que yo era escritor (o que había sido escritor) insistió en que fuéramos a verla y la llamó por teléfono, caminando de un lado a otro del restaurante chino para avisarle que íbamos para allá y que tenía que conocerme, sin falta, porque yo había sido muy amigo de Borges. Fuimos al local de Labyrinth, en la calle 110 arriba, en el barrio de la Columbia University. Efectivamente la librería tenía una frase de Borges sobre los laberintos grabada en la pared de la entrada, pero ninguno de sus libros en los estantes. La muchacha era muy atractiva, una pelirroja alta y tranquila, que hablaba de Parker como si él no estuviera ahí. Habían vivido juntos unos meses pero ella lo había dejado porque la tenía harta con sus celos y sus desplantes, y ahora Parker la estaba haciendo seguir por uno de sus esbirros y se había enterado de que estaba saliendo con un hombre casado. Parker se movía continuamente y la interrumpía tratando de convencerla de que viniera con nosotros a tomar una copa al Algonquin, pero ella se negó con argumentos precisos y extremo cuidado, como si tuviera que convencer a un loco recién salido del manicomio. Al fin Elizabeth y yo nos fuimos y Parker se quedó hojeando libros, seguramente esperando que la chica terminara su jornada.

Era muy buen detective, según Elizabeth, pero su vida personal era un caos, sabía demasiado de todo el mundo como para no estar atacado de celos y de desconfianza generalizada. Me dio la sensación de que también ella había tenido una historia con el detective y que también ella había sido investigada por él. El otro problema, dijo como si me hubiera leído el pensamiento, es que va siempre armado y es bastante violento. La acompañé hasta su departamento y, aunque ella me insistió, no quise quedarme y fui a la terminal de Port Authority a tomar un ómnibus que atravesaba New Jersey y me dejaba en el pueblo.

Llegué pasada la medianoche, todo estaba desierto y oscuro, sólo los autos estacionados daban la sensación de que el lugar no estaba deshabitado. Encontré correspondencia en el buzón, pero nada importante, facturas sin pagar, folletos de publicidad. Cuando estaba por entrar en casa vi a mi vecina que salía del laundry donde había ido a lavar ropa. Tampoco ella podía dormir de noche, me dijo, como si pensara que yo había salido a caminar para vencer el insomnio. Hablaba inglés con un leve acento europeo y me contó que era rusa, profesora jubilada de literaturas eslavas, su marido había muerto dos años antes. Cuando quisiera podía ir a su casa a tomar un té y a charlar. Era una mujer mayor, pequeña, ágil, enérgica; tenía facciones finas, y unos ojos claros, muy penetrantes. Una de esas mujeres hermosas a cualquier edad, con un aire de malicia que los años no borran. Hablaba con tanta vivacidad y tanta gracia que no parecía una anciana de verdad; más bien tenía el aspecto de una actriz que estuviera representando el papel de una dama ya entrada en años. («Las mujeres de mi edad no envejecen, querido, sólo enloquecen», me dijo un día.)

CAPÍTULO DOS

1

Las clases empezaron a principio de febrero, enseñaba tres horas por semana los lunes a la tarde, en la sala B-6-M de la biblioteca, el seminario tenía una asistencia moderada (seis inscriptos). Era por supuesto un grupo de élite, muy bien entrenado, y mostraba ese aire de conspiración que tienen los estudiantes de doctorado durante los años que pasan juntos mientras escriben sus tesis. Es un tipo de entrenamiento muy extraño que en la Argentina no se conoce. Se parece más bien a un gimnasio del Bronx donde los jóvenes boxeadores son adiestrados por viejos campeones semirretirados que los golpean y les dan órdenes sobre el ring, corriendo siempre el riesgo de terminar en la lona. Me parece uno de los pocos ritos de iniciación que quedan vigentes en el mundo occidental; quizá los conventos medievales tenían ese aire de sigilo, de privilegio y de tedio, porque aquí los estudiantes están casi recluidos, se mueven en un círculo cerrado conviviendo —como los sobrevivientes de un naufragio— con sus profesores. Saben que en el mundo exterior a nadie le interesa demasiado la literatura y que son los conservadores críticos de una gloriosa tradición en crisis.

De modo que los seis reclutas a los que yo tenía sentados

a la mesa estaban tensos y a la espera, como jóvenes asesinos inexpertos encerrados en una prisión federal. Las universidades han desplazado los guetos como lugares de violencia psíquica. El mismo día en que llegué, un joven *assistant professor* de una universidad cercana se había atrincherado en su casa en Connecticut y había matado a un policía; permaneció encerrado durante doce horas hasta que llegó el FBI. Exigía que revisaran su promoción a *associate* porque se la habían rechazado y pensaba que era una injusticia y una desconsideración con sus méritos y sus publicaciones. Lo más divertido fue que al final prometió rendirse si le aseguraban que en la cárcel iba a poder usar armas. Tenía razón, es en la cárcel donde deben usarse las armas, pero se negaron y el joven se suicidó.

Los campus son pacíficos y elegantes, están pensados para dejar afuera la experiencia y las pasiones pero corren por debajo altas olas de cólera subterránea: la terrible violencia de los hombres educados. El *chair* de Modern Culture and Films Studies era Don D'Amato, un veterano de la guerra de Corea, y todos decían que lo habían elegido para dirigir el nuevo departamento por ese motivo. Pronto los hombres con experiencia en la cárcel y en la guerra serán los profesores encargados de llevar adelante la administración de las universidades.

Tal vez veo las cosas de esta manera luego de lo que pasó (el accidente, *the mishap*, *the setback*, lo llama aquí la policía), como si los hechos fueran resultado de la alta y compleja formación de las élites en la academia norteamericana. De todos modos, cuando me senté el primer día para empezar el seminario sobre Hudson me sentí liberado y feliz, y eso me pasa cada vez que inicio un curso, animado por el ambiente de tensa complicidad en el que se repite el rito inmemorial de transmitir a las nuevas generaciones los modos de leer y los saberes culturales —y los prejuicios— de la época.

Me interesaban los escritores atados a una doble pertenencia, ligados a dos idiomas y a dos tradiciones. Hudson encarnaba plenamente esa cuestión. Ese hijo de norteamericanos nacido en Buenos Aires en 1838 se había criado en la vehemente pampa argentina a mediados del siglo XIX y en 1874 se había ido por fin a Inglaterra, donde vivió hasta su muerte, en 1922. Un hombre escindido, con la dosis justa de extrañeza para ser un buen escritor. «Me siento enancado en dos patrias, dos nostalgias, dos esencias. Debo rendirle homenaje a las dos, y tiene que serlo justamente con esos dos elementos que forman mi doble ubicuidad: nostalgia y angustia.» Presentaba los problemas clásicos del que se educa en una cultura y escribe en otra. Como Kipling y también como Doris Lessing o V. S. Naipaul, Hudson había nacido en un territorio perdido que se convirtió en el centro lejano de su literatura. Eran narradores que integraban en sus obras la experiencia del mundo no europeo y a menudo precapitalista ante el cual sus personajes (y sus narradores) son confrontados y puestos a prueba. Hudson celebraba con excelente prosa elegíaca ese mundo pastoril y violento porque lo veía como una opción frente a la Inglaterra desgarrada por las tensiones provocadas por la revolución industrial.

Comenzamos con una escena de *Idle Days in Patagonia* (*Días de ocio en la Patagonia*) que podríamos llamar «Una lección de óptica». Situada en la niñez de Hudson, sucede hacia 1851. En ese momento en el campo, en el desierto, hay (cuenta Hudson) un inglés y un gaucho que aprende a ver, que ve por primera vez, y por eso podríamos llamar también a la escena «Modos de ver». El gaucho se ríe del europeo porque éste usa anteojos. Le parece ridículo ver a ese hombre con un aparato artificial calzado sobre la nariz. Hay un desafío y una tensión para definir quién ve bien lo que ve, y de a poco el gaucho entra en el juego y al fin acepta probarse las gafas del inglés.

Y no bien se calza los anteojos (que le funcionan perfectamente, casi en un acto de azar surrealista), el paisano ve el mundo tal cual es; descubre que hasta entonces tenía una visión turbia de la naturaleza, y que sólo había visto manchas difusas y formas inciertas en la llanura gris. Se pone los lentes y todo cambia y ve los colores y la silueta nítida del paisaje y reconoce el pelaje verdadero de su caballo overo y sufre una suerte de epifanía óptica.

«Veo ese carro», dice el gaucho, que no puede creer que tenga ese color ardiente, y entonces va y lo toca porque piensa que está recién pintado. La marcha del gaucho hasta el carro y el gesto de tocar lo que ve es un descubrimiento y un encuentro con la realidad. El mundo se ha vuelto visible y real. («El verde de las hojas, el amarillo del pasto.») El gaucho comprende que la naturaleza no era tan natural, o que la naturaleza verdaderamente natural sólo era visible para él por medio de un aparato artificial.

Es una escena de conversión entonces, una escena pedagógica, digamos, pero también, por supuesto, una escena colonial: el nativo se ha civilizado. Hudson es de la estirpe de Conrad y el capítulo se titula «Sight in Savages». El gaucho empieza desde entonces a usar anteojos y seguramente es el primer gauderio con gafas que recorre de a caballo la provincia de Buenos Aires.

¿Quiénes usaban lentes en la Argentina a mediados del siglo XIX? Mostré algunas imágenes y grabados. Con la invención de la imprenta, se había incrementado la demanda de gafas, y hacia 1829 se había ampliado lo suficiente como para que se concediesen derechos de exportación a la Argentina a una corporación inglesa de fabricantes de anteojos. Deberíamos por otro lado aplicar la noción de *Kulturbrille* (lentes culturales) del antropólogo Franz Boas, que subrayaba la desventaja con la cual debe contar cualquier narrador que se disponga a estudiar otra cultura.

Hudson se distanciaba y dejaba de hablar de sí mismo, para

ubicarse en la posición sesgada del testigo que estuvo ahí. Ese procedimiento de construcción tenía un aire de familia con el de otros narradores fascinados por mundos lejanos. Era lo que Conrad había llevado a la perfección a partir de *juventud*, la *nouvelle* que iniciaba la serie de Marlow como narrador. Les pedí que leyeran ese relato y también el cuento de Kipling «Mrs Bathurst», en el que junto con esa intimidad escindida aparecía por primera vez el cine en la literatura. Les agregué «Juan Darién», el cuento de Horacio Quiroga donde un tigre convertido en hombre mira el mundo con increíble lucidez y distancia, y paga el precio de la claridad de su visión.

Distribuí la bibliografía, organicé las presentaciones orales y durante las primeras semanas todo anduvo bien. Cada uno leía los libros de Hudson de modo distinto, como si de hecho fueran textos escritos por autores diferentes. Más que unificar esas versiones, yo trataba de profundizar las diferencias.

2

Me iba adaptando lentamente al paso de los días, la rutina académica me ayudaba a ordenar el desorden de mi vida. No mejoraban mis visiones nocturnas pero al menos estaba más ocupado. Había empezado a anotar en mis cuadernos los encuentros con Orión. Me había dedicado a observarlo y a estudiar sus costumbres y los sitios donde se refugiaba a lo largo del día. Habitualmente permanecía inmóvil largo tiempo, siempre al sol, como si tratara de ahorrar energía. Se movía siguiendo la luz y se iba instalando en las islas soleadas buscando la tibieza y la claridad.

Como una piedra, Monsieur, me dijo un día, tenemos que tratar de ser como las piedras, duros y firmes. Su otra actividad central era caminar, andaba por el pueblo como si estuviera de viaje, marchaba con un paso equilibrado y tranquilo, y llamaba, a ese modo de caminar, la marcha mental. Sólo podía pensar si estaba en camino hacia algún lado. Al anochecer se acercaba a Natural, el supermercado orgánico que estaba en la parte baja del pueblo. Allí, entre los desperdicios del fin del día, encontraba de todo: yogur, frutas, verduras, pan, cereales, galletitas. Lo llamaba rescatar comida, y aunque la práctica estaba prohibida lo dejaban hacer. Protestaba y se indignaba Orión porque cualquiera podía tirar comida pero no se permitía recogerla y usarla.

A veces iba a tomar una sopa caliente al bar del griego frente al campus o pedía un café con leche con un bagel en la cafetería de los estudiantes. Siempre pagaba lo que consumía con una moneda de veinticinco centavos y se lo aceptaban más allá de lo que costara lo que había consumido. Pagaba lo que la consumición costaba en los años setenta, cuando llegó, según dicen, como estudiante graduado y de a poco se fue hundiendo en la inactividad y en la miseria. Nunca pedía limosna, encontraba monedas tiradas en la calle y ése era uno de sus trabajos a lo largo del día. Caminaba cerca del cordón de la vereda y rastreaba toda la cuadra y siempre encontraba monedas caídas. Cuando deshiela y el sol disuelve la nieve es cuando más dinero consigue, se para en las alcantarillas y le basta un pedazo de tela o una malla de alambre para pescar lo que en su economía del pasado le permite sobrevivir varios días. Todos lo conocen aquí y lo dejan hacer y nadie lo molesta. «Son amables si uno es amable, se asustan si uno está asustado, sonríen si uno les sonríe»: ésa es una de sus conclusiones sobre el funcionamiento de la vida social.

Rápidamente me di cuenta de que en el seminario había dos grupos bien definidos: uno integrado por dos chicas, Yu-Yho-Lyn y Carol Murphy, muy estudiosas y tímidas, y un joven,

Billy Sullivan, que básicamente parecía estar siempre enojado. Se movían un poco confundidos porque eran estudiantes de primer año y comenzaban sus seminarios de posgrado en la universidad. El otro era un trío formado por John Russell III, Mike Trilling y Rachel Oleson, una muchacha de origen sueco, muy atlética e inteligente. Andaban siempre juntos y eran estudiantes avanzados con la propuesta de tesis ya aprobada. El más brillante era John III, joven delfín de Ida con aire de estudiante de Oxford (de donde de hecho provenía), que hacía su tesis sobre *The Monkey Gang*, la novela de Edward Abbey, con dibujos de Robert Crumb, sobre la banda de forajidos anarquistas medio punks que defendían la naturaleza matando a los que devastaban los bosques y destruyendo las máquinas excavadoras, las palas mecánicas y las motosierras; seguía mi curso sobre Hudson porque veía en sus libros que exaltaban la pampa argentina una prehistoria de los movimientos ecologistas modernos. Todos decían que John III era el preferido de Ida y a la vez —pronosticaban con satisfacción— su futuro rival. Había noticias sobre discusiones y conflictos porque Ida se había opuesto a su proyecto de disertación («Es estúpido y atrasado en esta época hacer la tesis sobre un solo libro»), pero John III se mantuvo firme y defendió con arrogancia su proyecto de trabajar una violenta ficción *gore* que retomaba, según él, las tradiciones de las *country songs* y el bandolerismo rural. En cuanto a Mike, era el clásico yanqui de clase media baja de Filadelfia, un joven de nariz aplastada, con el pelo cortado a cepillo, más grave y respetuoso que los demás y tan cortés que llegué a pensar que la tensión de sus modales era típica de los que habían estado en la cárcel. Mike había sido chofer de camiones de larga distancia («Sí, soy de los que leyeron *On the Road* en la High School») hasta que por fin decidió postularse a estudiante graduado. Lo aceptaron porque había publicado un relato en la revista *Stories* y porque envió un trabajo muy bueno sobre la tradición autobiográfica en la novela norteamericana. Ahora estaba en su tercer año en la universidad y escribía una tesis sobre la cultura obrera en la *beat generation*. Estaba haciendo una carrera académica pero no creía en la universidad salvo como lugar para ganarse la vida cómodamente. Admiraba a Thomas Wolfe, a Jack Kerouac y a Ken Kesey, según él porque no eran intelectuales remilgados del Este.

Rachel era descendiente de *scholars* y de diplomáticos —su madre era una neoyorquina que enseñaba literatura francesa en Vassar y su padre había sido agregado cultural de la embajada sueca en Washington— y era muy activa y muy atractiva. Trabajaba sobre el *Bildungsroman* femenino y era la *teaching assistant* en los cursos de Ida y estaba enamorada de John III, que a su vez estaba enamorado de Mike, quien desde luego amaba a Rachel. Esa comedia de enredos invisible y tersa lograba distraerme de mis preocupaciones y la observaba con el interés reflexivo que Hudson usaba para estudiar los pájaros del litoral argentino.

John III, Mike y Rachel tomaron la costumbre de venir al fin de la tarde a la oficina a conversar sobre sus proyectos y sus tesis. Me esperaban en el pasillo los tres juntos y mostraban esa camaradería jubilosa que los jóvenes viven cuando estudian y pasan el tiempo en compañía (debo decir que durante un tiempo imaginé que se iban también juntos a la cama). Charlaba un rato con cada uno de ellos en mi despacho y luego bajaba con los tres a tomar un café en Chez Nana, la cafetería francesa de Palmer Square. Me acuerdo de que una tarde John III insistió en que fuéramos a conocer la casa donde había vivido Hermann Broch cerca de allí, en College Street. Un tour turístico destinado a los literatos que llegaban a la universidad y que incluyó también un par de fotos que nos sacamos en el jardín de la morada. En la parte alta de la casa había escrito su novela *La muerte de Virgilio* y de hecho Broch murió en el hospital del pueblo. La novela se publicó en inglés en 1946 y me sorprendió enterarme de que la segunda edición extranjera del libro fue la traducción al castellano publicada en Buenos Aires en 1947, el libro de Ediciones Peuser que yo tenía en mi casa y que había leído y tratado de copiar —sin éxito— un par de veces. (*La muerte de Alberdi* había sido uno de mis exitosos proyectos frustrados.) Le habían pagado a Broch tres mil dólares de anticipo por la publicación de la novela en la Argentina; tenía que calcular cuánto valdrían, hoy, esos tres mil dólares de 1947...

Cuando me separé de los estudiantes volví a casa y en la esquina de Nassau Street y Harrison encontré a un hombre, con jeans y campera de franela a cuadros, que hacía propaganda política aprovechando el semáforo largo de la avenida. Alzaba un cartel de apoyo al candidato republicano en las elecciones legislativas de mayo. Le había agregado una banderita norteamericana, señal de que pertenecía a la derecha patriótica. Nunca había visto el acto proselitista de un solo hombre. Todo se individualiza aquí, pensé, no hay conflictos sociales o sindicales, y si a un empleado lo echan de la oficina de correos en la que trabajó más de veinte años, no hay posibilidad de que se solidaricen con un paro o una manifestación, por eso, habitualmente, los que han sido tratados injustamente se suben a la terraza del edificio de su antiguo lugar de trabajo con un fusil automático y un par de granadas de mano y matan a todos los despreocupados compatriotas que cruzan por allí. Les haría falta un poco de peronismo a los Estados Unidos, me divertí pensando, para bajar la estadística de asesinatos masivos realizados por individuos que se rebelan ante las injusticias de la sociedad.

3

La capacidad de observación de los animales en Hudson era un arte en sí misma. Se podría hacer un zoológico literario con los bichos pampeanos que aparecían en su obra. Como todo buen narrador, era paciente y sabía esperar y era capaz de describir los movimientos y los rápidos cambios de ritmo de las más diversas formas de vida (incluidos los hombres). «Un animal muy interesante es el *Ctenomys magellanicus*; se lo llama *Tucu-tucu* debido a su voz y también *El oculto* por ser un habitante del subsuelo que, como el topo, puede nadar bajo la superficie. Su voz es estentórea y fuerte, una sucesión de golpes de martillo que resuenan en las entrañas de la tierra, primero con golpes fuertes y medidos, y luego con otros más leves y rápidos, de modo que casi no se lo ve pero se lo oye.»

La mirada de Hudson nunca es estática, tiene una relación particular con los seres vivientes, no trata de capturarlos (Melville, Hemingway) ni aspira a una naturaleza sin animales (Conrad), más bien actúa como un *voyeur* extremo, no mata ni captura, sólo observa. Pero a veces Hudson cuenta el modo en que los animales lo miraban a él. «Hay un elegante lince, de lomo negro y cabeza gris, la *Galictis barbara;* que se sienta erecto y me observa con ojos altivos, sonriendo, parecido a un fraile pequeño, con negros mantos y capuchas grises; pero la expresión de su rostro aguzado es maligna y despectiva más allá de todo lo que hay en la naturaleza, y quizá fuera más decente compararla con un demonio antes que con los seres humanos.»

Ya no sabemos describir a los animales, salvo que estén domesticados. Ese día, según las noticias locales de televisión, habían visto a un oso en el bosque, al costado de una hondonada, no lejos de aquí. Era una mancha entre los árboles, como una niebla roja. Se abrió paso y apareció en un descampado, en el borde de Mountain Avenue. Alzado en dos patas, alterado por el ruido de los automóviles, con un brillo asesino en los ojos, se movió en círculos y por fin se alejó hacia la espesura. Me hizo acordar al oso de un circo ambulante que se instaló en un baldío en los fondos de mi casa, en Adrogué, cuando yo era chico. Lo observaba durante horas desde el cerco de ligustro. Atado con una cadena, también se movía en círculos y a veces lo escuchaba aullar en la noche. El circo cerraba la función con un espectáculo teatral. Las obras eran adaptaciones de piezas costumbristas y de radioteatros populares. Los actores le pidieron prestado unos muebles a mi madre para armar el decorado. Cuando asistí a la representación, los sillones de madera clara del jardín de casa que aparecían en el escenario no me dejaron creer en lo que veía. El oso merodeando en las cercanías del campus me produce el efecto inverso: creo que todo puede ser posible.

La noche estaba helada y los vidrios se habían empañado. El pianista que vive enfrente, del otro lado de la calle, ensayaba la última sonata de Schubert. Avanzaba un poco, se detenía y volvía a empezar. Me producía la sensación de una ventana corrediza que se traba y tarda en abrirse. Ahora lo veía bajo la luz amarilla del farol de la calle, parado frente a su auto, el capó levantado, en estado de quietud. De vez en cuando se inclinaba y escuchaba el sonido del motor en marcha. Volvía a erguirse y persistía, inmóvil, en una espera indescifrable.

¿Qué haría Orión a esa hora? Se habría retirado ya, a sus aposentos, como dice a veces. Se ha olvidado de todo y vive al día, en el presente puro. Sufre una imperfección indefinida que le afecta el sentido del tiempo. Está confundido en un movimiento continuo que lo obliga a pensar para detener la confusión. Pensar no es recordar, se puede pensar aunque se haya perdido la memoria. Sin embargo, no ha olvidado el lenguaje y lo que necesita saber lo encuentra en la biblioteca, según dice. El conocimiento ya no pertenece a su vida.

El Canal Weather anunció que venía una tormenta y que se la esperaba para la madrugada. Subí al auto y manejé por la

Route One hasta el *mall* bajo el puente, la caravana incesante de autos que venían desde Nueva York daba la sensación de la invasión de un ejército enemigo. Autos y autos uno detrás de otro, a la misma velocidad y a la misma distancia, con las luces encendidas, viajaban en una sola dirección como si los guiara un objetivo común, y así cruzaban y cruzaban durante horas. Al final, luego de pasar Junction, me desvié de la Route One hacia el sur y crucé un puente y doblé hacia la plazoleta central. Di un par de vueltas hasta que encontré el local de Home Depot. Era una enorme ferretería con instrumentos, aparatos y maquinarias de todo tipo y calibre, que cubrían el espacio como en un interminable taller o desarmadero de piezas recién llegadas. No había clientes ni empleados, estaba vacío. Anduve por los pasillos numerados entre grandes objetos rojos y taladros mecánicos. Tenía la sensación de estar en un museo, una especie de reproducción del galpón donde se guardaban herramientas y objetos en desuso que se alzaba en los fondos de las casas antiguas, pero aquí todo era flamante y reluciente.

Las cajas registradoras estaban cerradas y enfundadas. Al costado del pasillo, una única muchacha atendía el único mostrador en funcionamiento. Compré una pala para la nieve, un par de guantes de lona y una pinza (para abrir y cerrar las ventanas). Estaba por llegar una tormenta de nieve, la última del invierno, quizá.

4

Al día siguiente la secretaria del *chair* me dijo que D'Amato quería verme y me invitaba a tomar una copa en su casa. Vivía en una residencia sobre Prospect Avenue, y fui a verlo al fin de la tarde. Don era una mezcla muy norteamericana de erudito y hombre de acción. En la guerra de Corea, cuando tenía dieciocho años, en un puesto cerca de la frontera en el borde del paralelo 38, una mina lo había sorprendido al salir del baño de campaña y ahora tenía una pata de palo. Me abrió la puerta y giró como si su pierna izquierda fuera el mástil de un barco. Era alto y macizo y su cabellera blanca, que le llegaba a los hombros, parecía la arboladura de un velero.

Su libro sobre Melville había sido un punto de referencia en el mundo académico durante los años sesenta, pero luego su estrella había empezado a declinar. En la planta alta de su casa tenía una habitación dedicada a Melville donde acumulaba objetos personales del escritor —un escritorio portátil, pieza rarísima del siglo XIX, por ejemplo— y también una amplia biblioteca especializada en el autor de *Benito Cereno*. Se contaban de Don las historias más extravagantes y siempre me cayó simpático. Era un tipo frontal y directo, se decía que ya no preparaba las clases; en sus cursos (su mítico seminario sobre *Moby Dick*) sencillamente les pedía a los alumnos que escribieran sus preguntas en una tarjeta y él las leía en clase e improvisaba las respuestas. Estaba solo esa noche —y todas las noches de la semana— porque su mujer y sus hijos pasaban largas temporadas en Nueva York y no soportaban la vida en el pueblo. D'Amato vivía con ellos los fines de semana y eso había acentuado su fama de mujeriego.

Su estudio estaba cubierto de objetos del mundo ballenero que él coleccionaba como parte de su Museo-Melville. Me mostró una réplica del arpón de Queequeg y el original del pupitre de cedro en el que Melville había escrito —«siempre de pie»— sus tediosos informes cuando trabajaba de escribiente en la aduana de Nueva York. Trajo también la edición de las obras de Shakespeare de 1789 en la que Melville había trabajado mientras escribía la novela. Era evidente que del encuentro con las obras del Bardo había surgido el capitán Ahab y había encontrado el tono altivo y trágico que la novela tiene luego de su comienzo más tradicional. Empieza como un libro sobre la caza de ballenas y termina como una obra de la magnitud de *Macbeth*.

Su biblioteca era la más completa colección privada sobre Melville que existía en los Estados Unidos. Le habían hecho ofertas para que la vendiera pero siempre se había negado con una sonrisa. Si vendo estos libros me voy a aburrir, decía. Esa noche fue muy amable conmigo, teniendo en cuenta que yo era un oscuro literato sudamericano y él un *scholar* de tercera generación, compañero de Lionel Trilling y Harry Levin.

Nos sentamos en los sillones de cuero de su escritorio con un vaso de brandy y dimos vuelta sobre las relaciones de Hudson con Melville; en *Días de ocio en la Patagonia* había un largo capítulo sobre la blancura de la ballena en Melville. Las grandes praderas y el espacioso mar identificaban a los dos narradores, decía D'Amato, nosotros en cambio somos escritores de historias que transcurren en cuartos cerrados y en espacios mínimos. Lo más difícil en una novela es hacer salir a los personajes de su casa, y Melville les hace dar la vuelta al mundo en un barco ballenero. Se reía con voz potente, mientras me servía brandy como en un cuento de piratas.

Luego pasamos al comedor y comimos una pizza que llegó en moto y abrimos la botella de vino argentino que yo había llevado. D'Amato me preguntó por mis proyectos futuros. En el caso de que tuviera la intención de permanecer en los Estados Unidos, el Departamento estaría encantado en renovarme el contrato por un año. Los colegas, los estudiantes y en especial la profesora Brown estaban muy contentos con mi trabajo. En ese momento no tenía nada claro mi futuro, pero no quería volver a Buenos Aires; le agradecí la propuesta y le contesté con evasivas. D'Amato quería convencerme de que fuera a visitar la vieja zona marinera de Massachusetts. Yo tenía que ir a Nantucket, estaba cerca de Concord, toda la literatura norteamericana se había escrito en esa zona. Le conté que Sarmiento, nuestro mayor escritor del siglo XIX, nuestro Melville, agregué para que se hiciera una idea, era muy amigo de Mary Mann, de soltera Peabody, que era hermana de la mujer de Hawthorne. Sarmiento había frecuentado a Emerson y había conocido a Hawthorne y en sus visitas a la casa de Horace y Mary Mann quizá había conocido también a Melville. ¿Habría alguna carta de Sarmiento a Melville? Me miró no diría extrañado, pero sí indiferente. Sé que cuando hablo de los escritores sudamericanos a los que admiro, los *scholars* norteamericanos me escuchan con educada distracción, como si siempre les estuviera hablando de una suerte de versión patriótica de Salgari o de libros del estilo de *La cabaña del tío Tom*. Sí, claro, los mares del Sur, concilió, el *Pequod* había cruzado el Cabo de Hornos. La conversación siguió un rato y empezó a languidecer y entonces me invitó a visitar el sótano.

Los *basements* son construcciones subterráneas que tienen una gran tradición en la cultura norteamericana: en las películas de terror, cuando se baja al sótano hay que esperar lo peor, los asesinos de familias campesinas suelen esconderse en el sótano para liquidar luego a los familiares uno tras otro; los jóvenes adolescentes se inician sexualmente en las profundidades de la casa. Pero no podía imaginar lo que me esperaba en los bajos de la casa de D'Amato.

La escalera que llevaba abajo estaba en una entrada lateral, junto a la cocina. Don había aislado tras un tabique de metal las calderas de la calefacción, la lavadora y la secadora, el tablero de las luces, el pilar de cemento con los contactos de la alarma y algunos cajones y trastos viejos. Había vaciado el resto de la superficie del largo sótano y lo había convertido en un gran acuario con paredes y techo de cristal corredizos. Se podía caminar sobre la enorme pecera por unos espigones de madera que cruzaban sobre la estructura de vidrio.

Abajo, en el enorme acuario nadaba un tiburón blanco. Se movía en la claridad del agua como una sombra, con su aleta bordeando el aire. Es un cazón, me dijo, un cachorro, viven poco en cautiverio. Era bello y siniestro y se movía con helada elegancia. ¿Y cómo lo alimenta? ¡Con *visiting professors*!, dijo Don, y amagó empujarme pero sólo me puso la mano en el hombro. Prendió las luces y la sombra pareció enfurecerse, porque se sumergió hasta hacerse invisible y durante un rato sólo se oía el rumor del agua hasta que el tiburón volvió a la superficie como una salvaje aparición y su aleta surcó en silencio el agua, una suave línea gris en la transparencia del aire. Lo alimentaba con moluscos vivos, con trozos de carne, pero no le daba de comer ni gatos ni perros recién nacidos, como lo calumniaban sus vecinos.

Miramos durante un rato las ondulaciones siniestras del altivo pez y luego subimos a la superficie y nos despedimos alegremente, ayudados por las brumas del alcohol.

Volví caminando, la noche estaba tranquila, los árboles apenas se movían bajo la brisa de marzo, la luna brillaba en el cielo. No lejos de ahí, el tiburón blanco cruzaba silencioso el agua bajo la superficie de una casa victoriana.

CAPÍTULO TRES

1

Con Ida me encontraba en las reuniones o en los pasillos, siempre parecía apurada, tenemos que hablar, decía —¿a solas?, pensaba yo—, hasta que al fin un viernes, cuando tomé el tren a Nueva York, la vi llegar al vagón, bella y luminosa, y sentarse a mi lado. Había muchas cosas que quería conversar, así que, si yo no tenía nada mejor que hacer, podíamos aprovechar para ponernos al día. Los ojos le ardían, como si no hubiera dormido o tuviera fiebre. Por supuesto sabía perfectamente lo que habíamos hecho en el seminario. Los estudiantes estaban contentos con mis clases. ¿Había hablado con John III? Era el más brillante y el más problemático. Seguía con esa ridícula idea de hacer una tesis sobre un libro. Ya no se hacen tesis sobre un libro, afirmó tajante, como si se refiriera a un cambio evidente para todos los pasajeros que viajaban en el tren. Pero ¿qué iba a hacer yo a Nueva York? Nada especial, le dije, pasear un poco. Ella se escapaba a la ciudad cada vez que podía, trataba de no pasar todo el tiempo hundida en el campus. Necesitaba respirar, en Nueva York era otra, se había criado en Manhattan, conocía bien la ciudad, su padre era médico, un médico de la vieja guardia, de los que visitaban a los enfermos. La llevaba con él cuando era chica y ella lo esperaba en el auto mientras su padre hacía las visitas. Salía siempre con olor a hielo seco en la piel su padre, y ella podía sentir el aire frío del alcohol en las manos blanquísimas cuando él le acariciaba la cara, y le hacía bromas antes de poner el auto en marcha y cruzar la ciudad hasta la otra consulta. Parecía haber contado esa historia muchas veces y había logrado que la imagen de la nena esperando a su padre en el coche fuera lo suficientemente personal como para que uno se imaginara una infancia feliz. Tenía una seguridad y una confianza en sí misma que le habían sido dadas de niña, eso era lo que Ida quería que uno pensara. Ella misma interpretó su forma de ser como el resultado de la educación de una chica adorada por un padre seguro y viril que sabía tratar a las mujeres y que estaba siempre presente como figura protectora. Hablaba de sí misma en secuencias dramáticas, la épica de una muchacha neoyorquina que había realizado todos sus deseos y había dirigido su vida y nunca había hecho lo que le pedían los demás. No soy una mujer en sentido estricto, dijo, pero tampoco soy un varón, aclaró. Hablaba en broma, me provocaba. Pero su padre había muerto y su pena era que no la había visto triunfar. ¿Triunfar? Sí, claro, enseñar en esta universidad, a mi padre le hubiera encantado saberlo. En su época las mujeres no podían entrar aquí, dijo como si describiera la avanzada de un ejército que ha logrado conquistar una posición enemiga. Sonreía con una sonrisa provocativa, era la joven que seguía sorprendiendo a los mayores. Tenía diez años menos que yo, pero parecía mucho más joven. Estaba en esa edad incierta en la que no se sabe si una mujer esta recién dejando la adolescencia o ya ha empezado a envejecer.

Cambiamos de tren en Junction, y buscamos el vagón de fumar que aún subsistía en aquel tiempo. Se ven pocos hombres, cada vez menos, fumando en la calle, dijo ella. Las mujeres salen de las oficinas y prenden un cigarrillo aunque las miren mal; hay una gracia —un *gift*— en la adicción. Un vicio débil, si se puede llamar así, dijo después. Los yonquis todavía se esconden. No está mal esconderse para cultivar los pecados propios. Era tan bella que costaba asociar a esa mujer con su forma rápida y sorprendente de hablar. Llevaba un vestido morado, de corte perfecto, que revelaba las líneas de su cuerpo y me hacía perder la mirada en el surco de sus pechos. ¿No llevaba corpiño? Me moví un poco para tratar de develar la incógnita y ella se acomodó el pañuelo al cuello con un gesto rápido. Era atractiva, era sexy, pero no se creía bella, como las mujeres que se creen atractivas —o lo son— y eso las arruina. Para ella su belleza era algo superfluo y sonreía resignada ante las miradas —como la mía— que trataban de desnudarla. Usaba los verbos en presente, y la ironía reforzaba su encanto. Hablaba como si pusiera entre comillas ciertas palabras e incluso a veces ponía dos dedos de cada mano en gancho para hacer ver que tomaba distancia de lo que estaba diciendo.

Cuando llegamos a Penn Station se cubrió con un largo tapado de tweed y se puso un gorro de lana. Antes de bajar, se miró en su espejito de mano y retocó el rouge de los labios y yo la invité a tomar una copa. Fuimos al Dublin, un pub en la parte alta de Manhattan que había descubierto en mis andanzas por la ciudad. Nos sentamos en la barra y por el espejo veíamos una zona apenas iluminada al fondo, con parejas en la penumbra. Ella miraba el bar distraída, como si fuera un paisaje natural, el jardín confuso de una casa abandonada. Un tipo de cara pesada hablaba con el barman sobre la maldición de una mujer de la que no se podía separar. Estaba borracho o lo parecía y hablaba de la mujer con una mezcla de pasión y de rencor. No puedo irme de casa, dijo, tengo un taller en el sótano y paso ahí las mejores horas de mi vida. El barman afirmó con un gesto tan leve que podía pasar por un parpadeo mientras nos servía el whisky a la norteamericana con mucho hielo en un vaso más bien chico. Los que sirven copas en los bares son capaces de mantener una conversación entretenida con un mudo. Ida bebió un trago, pensativa. Cuando hacía su doctorado en Berkeley, había compartido su cuarto con una militante negra de la periferia de los Black Panthers, una bella muchacha de Alabama que se había adherido en poco tiempo a todas las revoluciones de aquel tiempo: sexual, feminista, maoísta, racial, se psicoanalizaba, defendía la negritud, tomaba pastillas anticonceptivas, hacía su tesis sobre Joe Brown, el revolucionario antiesclavista del siglo XIX, salía con el poeta negro Le-Roi Jones y quería hacerse musulmana. La mataron en una manifestación contra la guerra de Vietnam cuando tenía diecinueve años. Se llamaba Assia Morgan y pensaba cambiarse el nombre por el de Sherezade Baraka pero no tuvo tiempo. Ida había tenido que juntar sus pertenencias antes de que la policía allanara la residencia. No sabía muy bien qué hacer con todo eso, y cuando en el fondo de una caja encontró un revólver lo puso en su cartera y se fue en taxi hasta la sede de los Panthers en San Francisco. Era una casa medio amurallada, con pequeñas ventanas circulares y una gran puerta de hierro. Tocó varias veces el timbre y al final apareció un guardián al que le entregó la valija y le dio la dirección donde podía encontrar el resto de las cosas de Assia. El hombre le agradeció y la miró con severidad, como si ella tuviera la culpa de ser blanca. Esa muchacha, dijo Ida, embellecía todo lo que tocaba, la chica muerta, según ella, tenía una capacidad innata para el amor, y le había dicho que era descendiente de reyes egipcios. A veces la acompañaba a los tugurios de los músicos negros de Boston donde ella militaba, y cuando iba a esos bares Ida se daba cuenta de que en este país había varios países, con culturas antagónicas. De pronto se detuvo, dejó el relato en suspenso, miró nuevamente el salón y sonrió. ¿No te parece triste este lugar?, dijo. Era triste. Vamos a otro lado, dijo.

Ida tenía un departamento en el Village, en Bleecker Street. Un estudio de dos cuartos, muy luminoso, donde se encerraba a vivir su vida de mujer independiente. Cuando entramos la abracé, pero ella se separó con un gesto suave. No tan rápido, *man*, dijo. Tenemos la vida por delante. No era verdad, pero pasamos esa noche y la siguiente como si fuera, antes que un presagio, una amenaza.

Ida abrió una cajita de plata donde tenía unas pastillitas color rosa, no sé si eran éxtasis o LSD o tal vez las *poppers* de nitrato de plata, lo cierto es que en las horas siguientes tuve la sensación de que era un mono trepado al ventilador de techo desde donde veía a esos dos cuerpos abajo, desnudos en la cama o parados frente al espejo, realizando las fantasías que ni siquiera habían imaginado.

Para poder hablar hay que ir primero a la cama, había dicho ella. Tenía el don de establecer de inmediato una sensación de intimidad, de confianza que iba más allá de los cuerpos. Entonces le pregunté por lo que me había dicho cuando salimos del restaurante la vez pasada. Que estaba caliente con vos, dijo. Estaba harta de escucharme decir que me había separado de mi mujer y que andaba medio perdido. Todos estamos perdidos, si es por eso no te preocupes, y todos nos hemos separado de alguna mujer.

El tiempo pasó como si nos hubiéramos conocido o nos hubiéramos amado en el pasado y nos hubiéramos encontrado de pronto en ese departamento desconocido de Nueva York. Su nombre era una acción, la ida, el viaje sin retorno, señala a quien se va. Y también a la muchacha rara («está ida» o «es medio ida»). Además se llamaba como mi madre..., ¿pueden creer? Ésa había sido la primera palabra que yo había aprendido a leer. «Ida ¿ves?», decía mi madre, y me deletreaba las letras de su nombre grabadas en el portal de la casa de mis abuelos.

El domingo a la noche alcanzamos el último tren y nos sentamos en vagones separados porque ella no quería líos. ¿Qué líos? No quiero dar que hablar en el Departamento. No tenía que llamarla bajo ningún pretexto por teléfono, ni escribirle e-mails personales. Era una mujer sola, quería ser una mujer sola. Nada de tonterías domésticas o falsas complicidades. Mejor así, dijo, seremos amantes clandestinos. Siempre hablaba en broma (igual que mi madre) y mantenía los vicios secretos apartados de su vida profesional. Bajé en Junction y desde el andén la vi seguir en el tren hacia el pueblo; iluminada en la ventanilla, se arreglaba el pelo y los ojos en un espejito de mano.

2

La encontré al día siguiente en la sala de profesores y nos saludamos con el tono habitual de dos colegas que se cruzan en el Departamento sin ninguna referencia a las noches de encierro en su olvidado departamento del Village. Amable, irónica, indiferente, me hizo ver que lo mejor era adaptarse al código académico de relaciones cordiales y distantes, olvidando lo que sucedía fuera del campus (fuera de campo, como dicen los fotógrafos).

Era una tarde oscura y lluviosa y en el *lounge* había café y escones y se podían leer los periódicos. El especialista en cine ruso, un ex cineasta experimental que había filmado un par de películas Super 8 en hospitales psiquiátricos soviéticos, leía cerca de la ventana un número atrasado de *Sight and Sound.* Después de hacernos un leve gesto de bienvenida, Ida se acercó al joven Kalamazov para comentarle que dos de sus estudiantes estaban apasionados con su curso sobre la oscuridad en los filmes de Tarkovski. Enseguida se les sumaron el invisible profesor de literaturas eslavas y varios estudiantes graduados del curso de Ida. Al rato, el encuentro casual se convirtió en una especie de reunión político-cultural. Tomábamos café y hablábamos del derrumbe de la cortina de hierro y de las tradiciones esotéricas de la cultura polaca mientras esperábamos que cayera la tarde para volver a casa. Me quedé hasta el final, cautivado por el tedio pero también por la atmósfera áspera que tenía para mí la situación. Había pasado por confusiones parecidas en mi vida, estar en una reunión con una mujer a la que veía en secreto y hablar con ella de trivialidades mientras el marido daba vueltas por ahí sirviendo clericó; claro que aquí no había maridos, aparte de que ella se había casado con la Academia como las monjas de clausura se desposaban con Jesucristo; se trataba, en fin, de preservar su vida privada de las miradas ajenas, como si alguien efectivamente la estuviera espiando y ella necesitara fingir todo el tiempo. Y era verdad que estaba en observación. Era una joven soltera que cuidaba su prestigio con decisión férrea y sabía que el acoso sexual y la incorrección política podían arruinar también la carrera de una mujer o quizá, más simplemente, le gustaba que las cosas sucedieran así: salir en la noche, disfrazada de *femme fatale,* y encontrarse con un semidesconocido en la curva nocturna de un parque arbolado. La doble vida formaba parte de la cultura de este país, cada tanto un senador era descubierto disfrazado de mujer en una *dark room;* los héroes eran figuras triviales que a la noche se convertían en reinas —o esclavas— del mundo subterráneo o en un superhéroe invencible (oh, Batman).

No la llamé por teléfono, el pacto era que no nos escribiríamos, que ni siquiera abriríamos una cuenta secreta de correo, no se trataba de palabras ni de cosas dichas: seguíamos los requisitos del acuerdo que ella se había obstinado en proponer definiendo las condiciones de su relación conmigo y las fronteras de la pasión.

Había algo de teatro en esas representaciones, en los personajes inventados y los juegos extremos, una suerte de ficción vivida entre dos desconocidos. Eran divagaciones en una tarde lluviosa, interpretaciones abstractas de situaciones reales. En el *lounge* del Departamento, mientras intercambiaba comentarios y chistes con los colegas en el salón de vidrios empañados y luces claras, pensaba que era un intento de inventarse una vida más intensa y más real. El mundo académico era demasiado cerrado, abarcaba demasiado espacio y dejaba poco lugar para otras experiencias, había que construir puntos de fuga y vidas clandestinas para escapar de las formalidades. Por eso había tantos controles administrativos sobre las conductas incorrectas, una reja de reglamentaciones moralistas y puritanas. A medida que aumentaban sus logros profesionales, como me dijo una noche, sentía crecer en ella la necesidad de sometimiento y humillación. Eran juegos con fuego en el salón de fumar de los castillos universitarios.

Nos encontrábamos en los corredores y hablábamos de cualquier cosa, sin cambiar miradas ni señas cómplices. Ella también parecía vivir en series aisladas, con amigos, colegas, amantes, alumnos, conocidos de la profesión, y cada uno de esos espacios no estaba contaminado por los demás. Era una chica norteamericana: inteligente, entusiasta y muy ordenada, que salía a correr al amanecer por las calles arboladas del pueblo, controlando el ritmo y las pulsaciones en el minicomponente aeróbico digital que llevaba en la muñeca izquierda. Tenía una capacidad innata para imponer una distancia, un freno, y era imposible cruzar ese cristal invisible que la mantenía aislada del mundo. Vivía una vida secreta y respetaba las reglas de seguridad; en su otra vida era una profesora aburriéndose en una fiesta del Departamento.

Me acuerdo bien de una de esas noches. Las sonrisas cansadas y el rencor se cruzaban como relámpagos mientras tomábamos vino californiano y conversábamos en pequeños grupos alrededor de las fuentes de pollo al curry y empanadillas de atún. Ida, vestida con una falda tejida que le marcaba las caderas y una especie de blusa o pijama blanco de cuello mao, conversaba amablemente con un colega. Me acerqué, la saludé con una inclinación. Había tomado unas copas de más y estaba en ese estado de ánimo que conozco bien, en el que empiezo a caminar peligrosamente por el borde del abismo, pero ella me dejó hablando con un triste desconocido de corbata amarilla y se acercó a D'Amato para preguntarle cómo andaban sus cetáceos de aguas profundas en el *basement* de su casa. Yo la observaba desde un costado y la deseaba, cómo no la iba a desear, si no podía dejar de pensar en las noches que habíamos pasado juntos.

Había un clima de espera en el aire, como si todos los signos ciegos estuvieran anunciando presagios oscuros. Conocía ese estado —o esa convicción— sin certezas, que se parece más a una esperanza que a una creencia. Es el pensamiento mágico del amor, del enamorado en estado hipnótico, ligado a una mujer a la que se desea y se busca con imprecisa y estúpida obstinación. Para escapar de esos pensamientos equívocos, yo pasaba las tardes trabajando en la biblioteca, era el mejor modo de cambiar de tema. («Ya que no podemos cambiar de conversación, cambiemos de realidad», como decía en Buenos Aires mi amigo Junior). Sin embargo la imagen de Ida se interponía y al fin dejaba lo que estaba haciendo, juntaba los libros y salía a la calle. Ida conocía el arte de la interrupción, con sólo mover la mano producía un desplazamiento de los cuerpos, era como la heroína de una novela atrapada por la intriga. Claro que ella no era la heroína de ninguna novela, aunque me hubiera gustado que lo fuera para cambiarle el destino.

Subía al coche y empezaba a manejar por las rutas sin rumbo fijo. ¿Por qué se había alejado hacia un costado con D'Amato? Había ido a su casa, ya que conocía el estúpido acuario del sótano. En aquel tiempo era incapaz de pensar sobre la naturaleza de las relaciones ajenas porque sólo me preocupaba la actitud que los demás tenían conmigo. Me acuerdo de que seguí el cauce del Delaware e incluso anduve por la costa de New Jersey, parando en pequeños bares cerca del mar. Una tarde estacioné en una calle cualquiera en un barrio de las afueras de Atlantic City y fui al casino y gané bastante plata en la ruleta. Volví al auto y salí a deambular por las calles devastadas que estaban de espaldas a la zona del balneario, la costanera y los hoteles. El barrio parecía haber sufrido un bombardeo, había edificios incendiados, casas saqueadas, montones de basura humeante, vagabundos durmiendo bajo un puente. Varios jóvenes, con jeans bajos y capucha, escuchaban rap a todo volumen sentados en la vereda frente a un *drugstore*, fumando hachís y dormitando. En una avenida lateral, en el barrio latino de la ciudad había un gimnasio, el Sandy Saddler Boxing Club.

El ruido de los guantes contra la bolsa, el olor de la resina, los movimientos rítmicos de los boxeadores haciendo sombra me hicieron acordar a los tiempos en que iba dos veces por semana a entrenarme en la Federación de Box de la calle Castro Barros, cuando recién me había mudado a Buenos Aires y vivía en el Hotel Almagro. La categoría en el boxeo no se define por la edad sino por el peso. En aquel tiempo yo era un peso liviano (62,300 kg) y luego fui un wélter (66,00 kg) y ahora sería un peso mediano (72,00 kg).

Los que se entrenaban ahí eran chicos de catorce o quince años que se preparan para los Guantes de Oro. Algunos sin embargo iban a fortalecer su brazo para los lanzamientos de bola rápida del béisbol. Practicaban el jab y el directo contra la bolsa de arena y así ejercitaban el impulso del hombro y el giro del cuerpo para poder lanzar la pelota a ochenta millas por hora sin desgarrarse. La rutina de los ejercicios seguía el ritmo de las peleas: tres minutos de entrenamiento riguroso y uno de descanso. Al verme entrar, algunos pensaron que andaba por ahí tomando notas para una crónica sobre los gimnasios y empezaron a contarme sus historias y a decir que eran amigos de la escritora Joyce Carol Oates, que vivía en New Jersey y había escrito un buen libro sobre el box y a quien todos llamaban Olivia por su parecido con la mujer del marinero Popeye.

El instructor era un viejo cubano exiliado que decía haber sido campeón pluma en unos remotos campeonatos socialistas de boxeo en Moscú. Mulato y muy tranquilo, era admirador de Kid Gavilán y de Sugar Ray Leonard. En el pugilato, me decía, el estilo depende de la vista y de la velocidad, es decir, de lo que él llama, «científicamente», la visión instantánea. Ojalá yo pudiera adquirir esa visión instantánea para poder ver a Ida entre las sombras. ¿Qué hacía cuando no estaba conmigo, en qué pensaba cuando la cruzaba en el pasillo y me hablaba como si yo fuera un extraño que venía de un país lejano y confuso?

Daba mis clases, comía en el restaurante de Prospect House, a veces pasaba algunas horas leyendo en el Small World, en alguna mesa cerca de la ventana, pensando que quizá iba a verla pasar por la calle que desembocaba en la entrada del campus. Y, efectivamente, una tarde la vi cruzar frente a mí por la vidriera del bar y casi sin detenerse hacer una seña y decirme, pronunciando en silencio las palabras atrás del vidrio, que iba a pasar por mi oficina. Vino al rato y en voz baja me propuso encontrarnos el viernes a las 9.00 pm en el Hotel Hyatt —en un costado de la autopista que iba a Nueva York—. Podíamos juntarnos en el lobby, y después pasar la noche juntos.

Iríamos en coche, cada uno por su lado, nos encontraríamos en el bar, donde un pianista negro tocaba tímidamente piezas de Ellington. El hotel era enorme y estaba vacío, quizá lo usaban para convenciones o para viajeros que habían perdido el vuelo en el cercano aeropuerto de Newark o tal vez era un lugar destinado a las citas clandestinas de los amantes furtivos de la zona.

Reservé un cuarto a nombre de Mr Andrade y señora y en la recepción sólo tuve que deslizar un billete de cien dólares junto con mi carné de conducir para que el recepcionista nocturno me anotara en el libro de huéspedes y me diera dos tarjetas magnéticas para abrir la puerta de la habitación. Le dije que esperaba a mi mujer y volví al bar a tomar una copa. Al rato ella entró en el lobby vestida con su impermeable gris y subimos a la habitación. Era inhóspita, de muebles blancos, hecha para ejecutivos o suicidas, pero no bien se cerró la puerta fue como si una secuencia de actos mínimos se hubiera suspendido en el tiempo, porque reencontramos instantáneamente la misma intimidad y la misma intensidad que habíamos vivido en su guarida de Nueva York.

Le gustaba el secreto, le gustaban los encuentros clandestinos en un hotel en medio de la ruta. A la madrugada ella bajó primero y yo esperé hasta verla cruzar la playa de estacionamiento y subir a su auto. Después de un rato, salí del hotel y volví a casa manejando por la ruta desolada mientras amanecía en los campos sembrados y las primeras luces se encendían en las altas casas coloniales de la entrada del pueblo.

Repetimos ese juego dos o tres veces más, como si ella obedeciera fielmente los puntos del acuerdo que había prometido, las noches apasionadas y clandestinas, el muro de silencio que nos aislaba del mundo, la repetición anhelada de los gestos, las palabras, las exigencias precisas, la severa lista de obligaciones y mandatos preparada con minuciosidad y a los que ella se sometía con alegría y encanto. Tal vez, quizá, podíamos traer a alguien, un desconocido al que yo iría a buscar al bar del lobby o a la parada de ómnibus en un recodo del *freeway*, alguien que subiría al hotel y pasaría la noche con nosotros. Había algunos clubes en Nueva York donde se podía ir, dijo ella, para mezclarse con desconocidos. Fantasías en la noche anónima, ella aspiraba a dejarse llevar, aislada, alucinada, alerta.

Después, afuera, todo volvía a ser impasible y distante. En cada encuentro nocturno todo era igual pero cambiaban el lenguaje y los ritos privados. No sólo conmigo, comprendí después, sino en cualquier hecho de su vida privaba el secreto, todo tenía su revés, su realidad paralela, como si cada experiencia debiera ser sustraída a una potencia enemiga omnipresente y amenazadora.

En un sentido, a pesar de todo, el pacto me convenía: seguía siendo el hombre solo que quería ser, sin compromisos y con la esperanza de esas noches luminosas en el futuro. Encuentros esporádicos con una mujer en un hotel del camino, repitiendo siempre la intensidad de la primera vez. No hacía falta otra cosa, no quería volver a la estúpida atracción de los sentimientos cotidianos. Ella tenía razón, esa intimidad instantánea e intensa no podía durar si la sometíamos a la cruda luz de la realidad.

Entonces, cuando nos cruzábamos en una reunión o en los pasillos había una especie de extraña felicidad, como si el pacto privado se vislumbrara en el modo indiferente de actuar cuando estábamos con otros o en algunas palabras y frases sueltas —cita, dispositivo, ataduras, isla desierta— que aparecían en medio de una reunión, dichas sólo para mí.

Estaba por terminar la primera mitad del semestre y se acercaba el *spring break*. Claro que en aquel tiempo yo sentía que todo era una espera de esas noches con Ida en un cuarto iluminado e impersonal del alto Hyatt en medio del camino a Nueva York. En esos días, como los locos, yo pensaba que todo lo que se decía estaba referido a mi vida secreta.

En la clase del lunes siguiente John III hizo una presentación sobre *The Crystal Age*. En la novela de Hudson, la utopía, según él, consistía justamente «un mundo cristalino, neutro, desexualizado, una réplica de la vida en el paraíso terrenal donde la diferencia sexual y el deseo no tenían lugar. John III acotó que las utopías no sabían qué hacer con los cuerpos, tendían a un mundo sin deseo porque la pulsión sexual operaba independientemente de las necesidades y los intereses colectivos, sin tener en cuenta la igualdad y a menudo a expensas de ella. El goce no se puede socializar y no respeta la equivalencia, dijo John III. Escapa a la lógica económica. Por eso las utopías tienden a negar directamente la sexualidad, porque no pueden reglamentarla democráticamente. Había desde luego utopías sexuales, pero eran siempre arrogantes y despóticas. Los sorteos manipulados para reglamentar la elección de parejas sexuales y mejorar la raza en *La república* de Platón; la filosófica esclavitud deseada de Justine en la novela de Sade; los prostíbulos en la vida de Bataille; los cuerpos como moneda viva en los intercambios aristocráticos de Klossowski. ¿Se puede llamar utopías a esos regímenes ordenados por el sexo?, preguntó retóricamente John III al cerrar su brillante exposición.

Rachel de inmediato asoció esa situación de ascetismo con el despojamiento de los bienes y leyó una carta de Hudson de 1884: «No comparto sus sentimientos acerca de la posesión continuada y de tener sus cosas consigo. Si me traen una taza y un platito para reemplazar los rotos me lamento. Cuanto menos atado esté a cualquier lugar y cuantas menos cosas posea, tanto más libre y ligero me siento. Pienso esa ligereza conectada con mi estilo: busco la misma desposesión y la misma claridad».

Despojarse de toda propiedad, olvidar el cuerpo; los grandes profetas —bastaba pensar en Tolstói— elegían una vida de pobreza, de ascetismo y de no violencia. Invertían el régimen de signos de la sociedad, concluyó ella, remitiendo sin decirlo a sus lecturas francesas.

La discusión se generalizó, y mientras los estudiantes discutían y argumentaban yo pensaba en la próxima cita con Ida, y veía imágenes sueltas —las cortinas de tela blancas de la pieza igual a todas las otras piezas del hotel— con la misma sensación de euforia con la que manejaba por la ruta en la noche y veía al fondo el cartel de luces inminentes de la entrada del Hyatt e imaginaba a Ida que se vestía ritualmente en su casa, y luego se cubría con el impermeable gris y salía a la calle.

En aquellos días no lograba evitar que mis ideas giraran sobre los encuentros con Ida, eran ráfagas, visiones, como si hubiera conectado un proyector que reflejaba contra la pared de la mente imágenes quemadas en las que ella y yo éramos a la vez protagonistas y observadores. Aparecían inesperadamente y siempre sucedían en el futuro, y de ese material luminoso y frágil está hecha ahora mi memoria de esos días.

Una tarde estaba en el escritorio revisando los llamados en el contestador o respondiendo e-mails, y cuando salí a buscar mi correspondencia en la oficina del Departamento me encontré con Ida en el pasillo. Se detuvo un momento, como si me hubiera estado esperando, y entró en mi escritorio. Creo que casi no hablamos, la abracé y nos besamos y enseguida, urgidos, como dos fugitivos que se encuentran en la sala de espera de una estación del suburbio, arreglamos una cita para el viernes. Era un poco ridículo que todos los acuerdos se realizaran en persona, cara a cara, sin usar ningún otro mensaje o comunicación (ni siquiera una nota manuscrita). «Borra tus huellas», decía el poema de Brecht. Ese viernes empezaba el *break* y no había clases en la semana siguiente, podíamos quedarnos en el hotel un par de días y pasar el resto de la semana en Nueva York. Ida había dejado un libro y unos papeles sobre la mesa y buscaba algo en el bolsillo del saco y en ese momento alguien golpeó la puerta y rápidamente ella se separó y se alejó de mí. Era John III, que nos saludó con aire tranquilo y enseguida se disculpó por la interrupción, pero ella le dijo que ya se iba y cruzó ante nosotros y salió. Nos vemos mañana en la reunión del Departamento, dijo mientras se alejaba. Pasé un rato conversando con John sobre su presentación en clase y me di cuenta de que Ida se había dejado los papeles sobre el escritorio, así que estuve todo el tiempo tratando de distraerlo, como si los papeles de Ida fueran el rastro de algo prohibido. No era nada, era un libro de Conrad y una carpeta con la lista de conferencias de la segunda mitad del semestre y la carta de un estudiante justificando su ausencia a una clase con un certificado médico.

Al día siguiente fui a la junta del Departamento. Ida ya estaba ahí, con su aire relajado y ausente. Éramos seis profesores y nos sentamos alrededor de una gran mesa de roble en un salón con ventanales amplios. Al rato llegó Don y empezamos la reunión. Se discutían fechas de exámenes y algunas cuestiones de presupuesto y todo transcurría sin problema. Los colegas que me rodeaban estaban acostumbrados a ocultar el fastidio pero no el aburrimiento, así que la junta se desarrolló normalmente. Luego de obtener lo que quería (un presupuesto suplementario para las invitaciones de su cátedra), Ida pidió disculpas y salió de la reunión antes de que concluyera. Un minuto después salí atrás de ella. Quería devolverle los papeles, pero eso sólo fue un pretexto para darle el número de habitación que había reservado. Te dejaste unos papeles arriba del escritorio. Se sorprendió. El otro día. ¿Unos papeles? Bueno, un libro y unos folletos. No, me lo das otra vez, no quiero llevarlos ahora. Había pasado a retirar su correspondencia y me mostró las cartas y los paquetes como si no tuviera lugar en las manos. Estaba atrasada. La miré irse y bajar por el ascensor hacia el estacionamiento para sacar el coche.

La reunión se extendió un rato más y cuando terminó eran más de las siete. Dejé mis cosas en la oficina y bajé por la escalera para no compartir el ascensor con los colegas y tener que hablar con ellos. Estaba cansado, no sabía muy bien qué iba a hacer esa noche. La tormenta de nieve arreciaba. Crucé el campus y salí por la puerta que daba a Palmer Square. En un costado, sentado en un banco, al lado de la parada de los taxis, estaba Orión tapado con un plástico y cobijado bajo el parador de los coches. Había conseguido una radio portátil, grande, de las antiguas, con pilas redondas y grandes parlantes. Y la escuchaba con atención, poniendo el oído en el aparato. Me di cuenta de que sólo quería escuchar música, porque cuando aparecía una voz humana se ponía nervioso y cambiaba inmediatamente de estación. A veces se levantaba o movía la radio y la colocaba estratégicamente para captar la sintonía. Me detuve frente a él pero me miró con indiferencia; él también tenía sus momentos y sus segmentos de vida.

CAPÍTULO CUATRO

1

A la mañana siguiente me despertó una llamada del Departamento. ¿Podía por favor venir a una reunión con el *chair*? Todo el cuerpo de profesores se había juntado en la oficina central. Había un clima de nerviosismo y de inquietud. Con voz grave, Don D'Amato, que parecía excedido de peso y también excedido por la situación, resumió la versión oficial de los hechos, casi como si nos leyera un parte médico.

Ida había salido del estacionamiento, el *traffic alert* de la tormenta la desvió de su ruta habitual y decidió salir por la Bayard Lane para bordear el pueblo desde el sur. Nadie vio nada, pero fue ahí donde sucedió todo. Encontraron su auto detenido al final de Nassau Street, frente al lento semáforo que ordena el desvío hacia la Route 609. Ella seguía atada al asiento con el cinturón de seguridad, en una pose extraña, medio ladeada, el brazo extendido y la mano quemada, como si le hubiera ardido al buscar algo en el piso. El choque —o lo que fuera— la había matado. La quemadura en la mano derecha era el signo más extraño del caso. Nadie había visto nada, nadie había oído nada. Sólo la alarma del coche, que siguió sonando durante largos minutos porque los técnicos de la policía no quisieron alterar ninguno de los detalles cristalizados en el momento de su muerte. Pero ¿se puede decir «su muerte» cuando alguien muere accidentalmente? («Todos morimos accidentalmente», hubiera ironizado ella.)

La noticia me atontó. Sólo podía ver el tic en la cara de Don. Un parpadeo nervioso que alteraba su aire impasible. Un leve temblor idiota en el párpado del ojo derecho. La irrealidad está hecha de detalles y, mientras trataba de disimular mi conmoción, oía como una música el lento devenir de los datos y las precisiones inútiles que acompañan siempre lo que no se puede aceptar. En el asiento del coche, a un costado, había varias cartas sin abrir. ¿Iba alguien más con ella? ¿Alguien la había atacado y luego huyó? ¿O sufrió un desmayo y perdió el control del auto? El accidente había sucedido a las 19.00 pm del jueves 14 de marzo, su reloj estaba parado a esa hora. La secretaria del Departamento la había visto entrar en la oficina a recoger su correspondencia y luego bajar por el ascensor.

Era necesario informar a los estudiantes. Las clases iban a suspenderse, por suerte teníamos la pausa del *spring break*. Los diarios y la televisión de la tarde difundirían la noticia, un escándalo era inevitable. Nos pedía discreción. Ninguna declaración a los periodistas, no quería que la universidad cayera bajo la tormenta de un escándalo. Debíamos circunscribir los hechos al Departamento de Modern Culture and Films. La hipótesis de la administración era, por supuesto, que había sido un accidente que estaba siendo investigado. Hizo una pausa. Tengo el encargo de avisarles que esta tarde va a venir la policía a interrogarlos. Debíamos esperar a los agentes en nuestras oficinas (especialmente los que estábamos en el mismo piso que la profesora Brown).

Al rato entró el *dean of the faculty*, el doctor Humphry del Departamento de Física. Era franco y simpático, tenía la manía —o la precaución— de fotografiar a todos los que le pedían audiencia. Para recordarlos, quizá, o para hacer una exposición de retratos cuando se retirara. Miraba a la gente de los departamentos de Literatura como unos lunáticos y unos excéntricos que siempre estaban invitando a luminarias extranjeras a las que nadie entendía. Habló como hablaba en las reuniones del comité donde debía recortar el presupuesto de los programas de Humanidades. Sutilmente se puso a sospechar de la víctima. En qué andaba esa profesora, esa mujer, esa chica soltera. Siempre rodeada de estudiantes. Su hoja académica era extraordinaria, pero qué se sabía de su historia personal. Nos pedía colaboración para retomar las clases luego del receso y mantener la calma. Él era el que parecía nervioso.

2

Cuando los dos policías se presentaron en mi oficina eran las 11.00 am, los recibí con cierta aprensión pero amablemente. No aceptaron mi invitación a sentarse. Fueron corteses (demasiado corteses, diría, con esa cortesía exasperante que encierra la violencia más extrema). Los dos eran iguales, salvo que uno de ellos usaba el pelo muy corto y el otro lo llevaba según la moda de esa época (orejas cubiertas), los dos usaban traje negro, camisa blanca y corbata roja con traba en el cuello, pero uno parecía muy elegante mientras el otro estaba vestido como un vendedor de biblias. El más elegante era —supe más tarde— el agente especial Menéndez del FBI y el otro, el que habló, se presentó como el inspector O'Connor del Departamento Central de Policía de New Jersey, en Trenton. Mi inglés me hacía sentirme indeciso y poco convincente. Según creo, doctor *Rinzai* —dijo O'Connor anglicizando la pronunciación de mi apellido—, usted viene de Buenos Aires... Invitado, según creo, por la doctora Brown. Tenemos aquí algunos de los e-mails que ustedes han intercambiado. Desde luego tenían a su disposición todos nuestros correos electrónicos y seguramente también habían grabado las conversaciones telefónicas y escuchado los mensajes que sobrevivían en el contestador automático. Eso ni se discutía. Asentí. Gracias por su colaboración, dijo O'Connor. Conocía bien el género, primero hay una serie de preguntas que se usan para lo que en la jerga se llama «aceitar la tuerca». El policía mostraba conocer muy bien la vida del interrogado y éste tiene poco lugar para explayarse. Le parecía natural tener en sus manos mi correspondencia privada, pero yo estaba tranquilo porque nunca habíamos escrito sobre otra cosa que sobre nuestro trabajo.

—Usted era amigo de ella...

—Amigo, colega y admirador —le dije. En inglés suena mejor: *friend, fellow and fan.*

Estaban recolectando información sobre un accidente que preocupaba a las autoridades porque no había habido testigos directos. Había sido una muerte violenta y no descartaban ninguna hipótesis. Me mostraron una foto del auto. Enseguida me di cuenta de que la noción de accidente era demasiado amplia y que los policías tenían una hipótesis más conspirativa del asunto. De manera implícita estaban diciendo que podía ser un suicidio o un asesinato. O'Connor sonrió antes de aclarar que estaba asombrado al ver que la doctora Brown no parecía despertar grandes simpatías entre sus colegas. ¿Habían estado hablando mal de ella? ¿Un día después de su muerte? Por supuesto no aclaró nada, sólo introdujo un dato que mostraba cierta confianza en su conversación conmigo. Todo lo que pudiera decirle era extremadamente confidencial, me dijo (sospeché del adverbio). El agente del FBI se paseaba por mi oficina mirando los libros y recorriendo con indiferencia las notas y papeles que yo había pegado con chinches sobre una tabla de corcho frente a mi escritorio. Me preguntó si yo conocía algún contacto (me sorprendió el sustantivo) de la profesora Brown que pudiera ayudarlos en la investigación, sin aclarar por supuesto a qué relaciones se refería, y por supuesto le dije que no me ocupaba de cuestiones personales. Parecía desorientado y yo no me iba a dejar intimidar, venía de la Argentina y sabía lo que es tratar con la policía. Pero entonces el otro cambió la marcha.

—Profesor —me dijo, y bajó mi graduación—, tengo noticias de que usted ronda por el pueblo a la madrugada.

—A veces no puedo dormir. Pero eso es irrelevante y privado.

—Privado puede ser, pero no irrelevante —dijo O'Connor. Miró su libreta de apuntes—. Nada es irrelevante en estas circunstancias.

Sencillamente me ponían un poco más de presión. Conocía el estilo. A partir de ahí ya no anotaba lo que yo decía, sino que leía lo que tenía anotado en su libreta y hacía preguntas tratando de que yo corroborara su información.

—Y tiene insomnio con frecuencia... —Me miró y sonrió—. Me dicen —dijo— que usted sufre de algunos... episodios... Su médico en Buenos Aires —miró sus notas—, el doctor Ahrest, ha confirmado esos hechos.

Lo habían llamado por teléfono. Apretó las tuercas diciendo que quizá, según tenía entendido, yo solía deambular cerca de la casa de la profesora Brown. Era una afirmación, así que no contesté nada. Me miró sonriendo y me dijo que me habían visto rondando la casa de la doctora Brown. Les expliqué que yo vivía en Markham Road, como él sabía bien, y la doctora Brown tenía su casa en Harrison Street, de modo que si salía a caminar era lógico que algunas veces cruzara frente a su casa.

No dijo nada. Miró sus notas. Era un profesional, me hacía saber que sabían todo lo que yo podía querer ocultar y que eventualmente, me dijo, podían pedirme que me hiciera un estudio para confirmar el diagnóstico sobre esos incidentes o supuestos episodios deambulatorios. Parecía que eso era todo, pero antes de salir se detuvieron en la puerta.

—Viaja usted a menudo a Nueva York.

—Cada vez que puedo.

—Y se hospeda en el Leo House... —O'Connor sonrió y miró su libreta como si necesitara recordar. En el fin de semana del 20 de febrero, dijo, yo había hecho una reserva pero no había ocupado el cuarto. ¿Tenía algo que aclarar? Lo miré, sin contestar. Instintivamente había ocultado la historia de mis encuentros con Ida pero obviamente habían descubierto que yo había pasado con ella ese fin de semana. ¿Habían investigado también en el Hyatt?

—Mejor no se mueva del pueblo durante los próximos días. Podríamos necesitarlo —me dijo.

Me senté ante la computadora y abrí el correo, un e-mail anunciaba el *memorial* en la iglesia del campus.

> *Dear friends: I write to share some very sad news. Ida Brown passed away earlier this week. There will be a memorial service this Thursday, 3.22, at 1.30 pm at the Presbyterian Church in Campus. Best, Don D 'Amato.*

Passed away: se fue lejos, pasó a mejor vida. En ese momento perdí el control y me derrumbé. Oh, sí... Me quedé en la oficina. La luz en la ventana. Los libros. ¿Era posible? No podía imaginar su cuerpo herido. La mano quemada, la piel del cuello, oh, sí, los cisnes de la noche...

Cerré la oficina, crucé el pasillo y salí por la escalera que daba al Departamento de Lenguas Clásicas. El día era brillante y soleado, una de esas tardes de invierno después de una tormenta que parecen alumbrar el aire. Crucé el campus hacia el bosque. Había que atravesar unas canchas de tenis con muchachas hermosas vestidas de blanco, con minifaldas y medias de lana. No sé si uno puede conocer (o decir que conoce) a una mujer por haber pasado unas noches con ella, pero conocía la intensidad de Ida y eso era todo. La voluntad de ir hacia algún lado sin pensar en el regreso ni en las consecuencias. No iba a poder terminar ninguno de sus proyectos, todo se había cortado de pronto. Era tan joven, además, eso era todavía más triste. Tendría que haber una señal que identificara a los que mueren sin envejecer. Me senté en un banco bajo un roble. De pronto recordé un movimiento de sus manos, un gesto mínimo, los dedos sobre la mesa, ni siquiera eso, la yema de los dedos, un gesto frágil, mecánico, cuando estaba inquieta, y eso me dolió y cerré los ojos. Tenía manos muy delgadas, pensé, y sentí que las lágrimas se congelaban en el aire helado. ¿Estaba llorando? Las chicas que jugaban al tenis se detuvieron al verme. Después golpearon el encordado de la raqueta con el puño, se animaron con unos gritos y volvieron al match. La pelota amarilla cruzaba el aire, ellas se movían con soltura. ¿Cuántos años hacía que no lloraba? Arriba, un cuervo se posó como un signo oscuro sobre las ramas, un punto negro en la blancura transparente de la tarde. Y entonces el cuervo sacudió sus alas y los copos de nieve que cayeron suaves sobre mi rostro me infundieron un nuevo ánimo, como si me rescataran —o me consolaran— en un día de dolor. No era el cuervo de Poe, era el cuervo de Frost. No se le puede dar sentido al sufrimiento pero las rimas y la escansión tranquila de los versos que empecé a recordar me permitieron volver a respirar con calma. *The way a crow / Shook down on me / The dust of snow / From a hemlock tree // Has given my heart / A change of mood / And saved some part / Of a day I had rued.* No podía pensar en ella con palabras propias. *La nieve / Le infundió a mi corazón / Un nuevo ánimo.*

Salí del campus bordeando el gueto mexicano, que antes

había sido un gueto negro y antes italiano y antes irlandés. Son bellas casas tradicionales con galerías abiertas y amplios ventanales. Todavía hay algunos afroamericanos viejos viviendo aquí, pero son pocos, se han ido y ahora viven inmigrantes guatemaltecos, dominicanos y puertorriqueños, incluso la iglesia del barrio tiene sus carteles anunciando los servicios escritos en español y los himnos y los rezos se entonan con acento mexicano. Oh María, Madre mía. Entré en la capilla y me arrodillé a rezar. Dios te salve, María, llena eres de gracia. Tres mujeres morenas sentadas en los bancos de madera, al costado, recitaban en voz baja el rosario, como si fuera un canto fúnebre. El señor es contigo y bendita tú eres entre todas las mujeres. El sonido musical de los rezos me fue calmando. Una de las mujeres decía un fragmento del avemaría y las otras dos le contestaban como en un coro. Ésa era la estructura de la tragedia: un recitante y un coro. ¿Qué relación había entre los ritos de la misa con la eucaristía y la tradición de la tragedia helénica? Sólo podía pensar así, como si fuera un herido de guerra que no puede hablar de sí mismo. El altar era humilde, un Cristo de madera en lo alto y unas telas blancas y bordadas sobre la mesa de fierro. Me levanté y volví a la luz del día.

A pocos metros estaba Pelusa Travel, el negocio mexicano de envío de dinero a Centroamérica, que vendía tarjetas de teléfono de larga distancia y fotos de Maradona en el Mundial de 1986. Un joven pachuco hablaba con una muchacha, usaba pantalones ablusados que nacían muy abajo de la cintura, anteojos Clippers negros y una gorra de béisbol de los NY Yanquis, y ella —con el pelo como una cresta roja, vestida con una capa de tela amarilla atada con un lazo y botitas texanas— se reía de un modo ladeado y hacía comentarios risueños y su voz suave me hizo acordar a la voz de Ida. Lo primero que se olvida y se pierde cuando alguien se va es el sonido de su voz, y esa tarde llamé varias veces desde un teléfono público para escuchar la voz de ella en el contestador automático. «Soy Ida Brown. Estamos ausentes y no puedo atenderlo. Deje un mensaje o llame más tarde.» Me gustaba el plural y luego el pasaje a la primera persona (*I can't answer you*). La voz seguía ahí, ojalá pudiera programarle una frase dirigida a mí, una despedida, un saludo final en el contestador automático que responde eternamente al llamado de quien la quiso.

Una tarde, me acuerdo, ella estaba indignada porque se había creado un programa de Latino Studies dedicado a estudiar la salsa y las rancheras y los grafitis de los chicanos pero nadie se preocupaba por los que vivían ahí, como si lo que enseñábamos no tuviera ninguna relación con la vida real. Mis colegas disertan sobre Junot Diaz, dijo Ida, o sobre las performances del grupo La Raza, pero cuando salen de clase, los *Greasers* o los *Spics* o los *Beaners* son invisibles. Los latinos se asimilan con los alimentos y los desperdicios, dijo ese día, son los grasientos, los grasas. («Mis grasitas», pensé.) Ellos son los que hacen todo aquí, trabajan en la cocina de los restaurantes franceses y en el sótano de los bares irlandeses y en las gasolineras al aire libre, limpian los baños de la biblioteca y sacan la nieve de las calles en invierno. Eso había dicho ella esa vez, me acuerdo. «Soy Ida Brown. Estamos ausentes y no puedo atenderlo.» Una voz clara, tajante, cálida, que ya estaba empezando a olvidar.

En la vereda de enfrente, sobre la calle del gueto en Witherspoon, se veía el cementerio, con la tumbas casi en la vereda, las lápidas de la época de la Guerra Civil y también de antes y de antes. *¿Dónde estdn Elmer, Herman, Bert, Tom y Charley, el débil de voluntad, el de los brazos fuertes, el clown, el borracho, el peleador?* Eso decían las lápidas, con sus fechas (X-2-1798) y sus fotografías o sus grabados o sus daguerrotipos o sus dibujos en los camafeos y las pequeñas urnas de vidrio. Rostros jóvenes, caras sorprendidas, sonrisas quietas, en óvalos blancos, con un cristal y un borde dorado junto a los vasos de metal con flores nuevas. *¿Dónde están Ella, Kate, Mag, Lizzie y Edith, la de corazón tierno, la de alma sencilla, la bulliciosa, la altiva, la feliz?* Un hombre alto, de aspecto sereno, con overol y botas de goma, barría la nieve y limpiaba las tumbas con un rastrillo de dientes redondos. Yo me movía como un espectro en la luz cenagosa que bajaba desde los árboles. *¿Dónde está el violinista Jones quien jugó con la vida a sus noventa años, desafiando la helada con el pecho desnudo? (X-7-1912).*

Eran las 4.00 pm en punto en el reloj de letras romanas de la joyería de la esquina de Nassau y Witherspoon. Los estudiantes caminaban por la calle, la sensación de normalidad me horrorizaba, como si fuera el único perturbado en todo el pueblo. No iba a poder cerrar los ojos por miedo a lo que podía ver. Me obsesionaba el cuarto vacío del hotel donde íbamos a encontrarnos esa noche. Estaba muerta y sin embargo... el deseo sexual es lo que desordena la vida e irrumpe en cualquier situación. Con nadie había estado yo con tanta intensidad. ¿Era eso? La había perdido. ¿Y la pieza en el hotel esa noche? La mole iluminada del Hyatt en medio de la ruta vacía.

Cuando llegué a casa era de noche, la oscuridad caía como una tela sombría sobre las ventanas. Prendí el televisor. Remataban joyas, sólo se veían las manos y las chucherías. La gente llamaba por teléfono y hacía ofertas. A las seis y media empezaron las noticias locales. En la pantalla se veía Harrison Street y la casa de Ida. Un accidente de tránsito había causado la muerte de una renombrada profesora... y en ese momento sentí que alguien golpeaba el vidrio. Era Nina, mi vecina rusa. No tenía televisión y quería saber qué estaba pasando con esa chica que había muerto. No había frecuentado a Ida pero la conocía. Miramos un rato las noticias nacionales. Allí la reconstrucción era más amplia y se hablaba de las incógnitas de la investigación. La policía estaba interrogando a los conocidos de la profesora Brown. La conclusión provisoria era que había sido un accidente, el auto perdía gas y una chispa produjo un estallido. Sin embargo, algunos observadores asociaban esa muerte con los extraños atentados que en distintos lugares del país les habían costado la vida a varios *scholars* y académicos. La policía no descartaba ninguna hipótesis. Apagué la televisión y me levanté para ofrecerle a Nina una copa de vino.

—La policía vino a preguntarme por usted. Lo hacen porque quieren que sepa que lo están presionando. Usted no la ha matado, querido, ¿no? —me dijo Nina, sonriendo para aliviar la tensión.

Le dije que tenía la sensación de estar en peligro.

—¿Peligro? ¿En qué clase de peligro?

—Si pudiéramos definirlo dejaría de ser un peligro.

Ella se empezó a reír y de pronto, como si me impulsara su calma y su alegría, le conté la verdad.

—Tuve con ella una aventura en Nueva York pero lo mantuvimos en secreto. Y creo que la policía lo sabe.

—Alguien los vio juntos, quizá en el tren, y lo contó... No lo van a llevar preso porque se haya ido a la cama con ella. Posiblemente controlaban los teléfonos y no era difícil para ellos localizar sus llamadas. La policía sabe todo sobre todos y ellos quieren que uno sepa que saben todo. —Se echaba a reír con ganas. Estaba acostumbrada a las extrañas razones que la policía podía usar para explicar lo que nadie comprendía. Había nacido en Moscú en 1920 y había salido de Rusia a fines de 1938, poco antes de que su padre fuera detenido. Como era un gran admirador del arte oriental, había sido enviado por Stalin a un campo de concentración acusado de ser un espía japonés.

Nina pensaba que podía haber sido un atentado hecho para que pareciera un accidente. El KGB mataba a los exiliados y a los disidentes que vivían en el extranjero fingiendo que se trataba de accidentes. Pero ¿quién querría matarla? En el Institute of Experimental Studies hacía meses que circulaban versiones sobre una serie de asesinatos en las universidades. Hacía un par de semanas una carta bomba había matado a un biólogo en Yale. Había un clima de preocupación pero no se sabía nada concreto. Por lo visto el FBI prefería que las noticias no trascendieran para evitar el pánico. La información de los noticieros de televisión era difusa. Habría, se dice, se especula. Nada concreto.

Había hablado durante un rato y vio que yo estaba distraído y supuso que necesitaba sosiego. Venga a casa cuando quiera conversar un rato, dijo, y sonrió con un gesto amistoso. Se movía con aire grácil y pasitos cortos. Cualquier cosa que necesitara, ya sabía, era viuda y pasaba muchas horas sola, así que sería un gusto conversar y tomar un té, en su casa, cuando yo quisiera.

Vivir en tercera persona había sido la consigna de mi juventud, pero ahora me perdía en la turbulencia abyecta de los recuerdos personales. Lo mejor era que me diera una ducha y me sentara a trabajar, dije, y me di cuenta de que estaba hablando en voz alta, y no sólo estaba hablando solo sino que mientras hablaba me miraba en el espejo del baño. Un clown desnudo, mal dormido. La ducha tenía una palanca que se alzaba a la derecha para el agua caliente o a la izquierda para el agua fría, pero me fue difícil combinar la temperatura y por momentos me calcinaba y por momentos sentía una lluvia helada, así que salí de la bañadera y me sequé con fuerza, como si estuviera representando a un hombre vigoroso que se fricciona con la toalla, frente al espejo del baño. Estaba un poco alterado, es cierto. Me cambié de ropa, porque la ropa limpia siempre me hace sentir mejor. Medias suaves, calzoncillos planchados, camisas impecables. La mujer que venía a limpiar mi casa dos veces por semana era una «espalda mojada», como les dicen, había cruzado ilegal por el río, sin papeles. Es mexicana, se llama Encarnación y dice que vivir aquí «en el Norte» es como estar en una jaula de oro. Tenía a sus padres en Oaxaca y en Navidad volvía a su pueblo y después volvía a cruzar clandestinamente. A veces venía con algún coyote y una vez había entrado por California. Estaba siempre pensando en los policías de Migraciones y hablaba de «la Migra» como si fuera una bruja despeinada de mirada astuta que no la dejaba en paz. Una tarde había venido llorando porque la patrona —«la gringa»— de la casa donde trabajaba todos los días la había humillado delante de las «otras gentes». Se secaba las lágrimas con la palma de la mano, era una mujer de edad indefinida, podía tener veinticuatro o cuarenta y dos años según sonriera o no sonriera, y luego de secarse las lágrimas pareció recobrada y me dijo que ella también tenía su orgullo y con una sonrisa se abrió el batón de trabajo y me mostró la camiseta que llevaba abajo, con la cara del Che Guevara bordada en la tela, al viejo estilo de las imágenes populares o de los astros luminosos de la lucha libre mexicana. Se quedo ahí, un instante, esa mujer chaparrita, de una edad indefinida, con esa cara de estatua azteca y la imagen de Guevara bajo la camisola de trabajo. Me dijo que era una *t-shirt* hecha a mano por las maquiladoras de Monterrey y que la vendía un compadre que trabajaba en una gasolinera de Lawrenceville.

Me acordé de esa historia porque yo también necesitaba coraje para sobrellevar lo que vendría. Había que seguir adelante, tenía que llorar a escondidas, borrar la sucesión circular de imágenes: el auto de Ida separado por las cintas amarillas de seguridad en la esquina de Bayard Lane, cerca del paredón de Palmer House, que había visto en televisión. El modo que tenía ella de entrar en un cuarto; el gesto liviano de abrir el impermeable para mostrarme cómo se había vestido esa noche. Tenía que dejar de pensar, había pensado, y empecé a traducir el poema de Robert Frost a ver si el ritmo de los versos me permitía respirar mejor. *Frost* era helada, la escarcha, el frío en los huesos, frío como una piedra, frío como el mármol, frío como un muerto. *Frost* era también frágil, quebradizo, rajado, delicado, una capa de hielo agrietada, invisible. *Dust of snow*, copo de nieve o cristal de nieve, polvo de hielo no suena bien, cristal de nieve, diamante en polvo, agujas de nieve, *a snow crystal*, pequeños cristales de nieve, nieblas heladas, *Polvo de nieve*. *The way a crow*, el modo, la forma en que el cuervo, El modo en que un cuervo / *Shook down on me*, hizo caer en mí, dejó caer sobre mí, Sacudió sobre mí / *The dust of snow*, El polvo de *nieve / From a hemlock tree*, desde ese árbol, desde el abeto, Desde un abeto // *Has given my heart*, le dio a mi corazón, le infundió al corazón, Le ha infundido a mi corazón / *A change of mood*, un cambio de ánimo, otro ánimo, Un nuevo ánimo / *And saved some part*, *y* rescató, salvó una parte, Salvando una parte / *Of a day I had rued*, de un día triste, un día apenado, De un día de pesar. Tal vez en tercera persona sería mejor. Los copos de nieve que un cuervo sacudió, desde lo alto del árbol, llovieron sobre él, y le infundieron un nuevo impulso a su corazón, aunque su vida estaba en ruinas.

Me tiré en la cama. Recordé de pronto lo que había vivido cuando murió mi padre. Lo que yo había hecho cuando murió mi padre. La cantante de ópera que había perdido la voz. *A change of mood*. Esperaba no pasar la noche despierto. Ojalá me llamara otra vez el *dealer*, pensé. *Dust* / sniff. La habitación en el hotel, las cortinas bajas. Los hombres de traje oscuro en la recepción muestran credenciales, hacen preguntas. El cuarto está reservado. Necesitaba una coartada. ¿Quién no la necesita? Era casi medianoche en los números iluminados del reloj de la mesa de luz; estaba helado, como bajo el agua. En el fondo del mar, dicen los jugadores cuando han perdido todo. ¿Había un casino en el hotel? Ida en la esquina, con su gabán gris, fumando, cuando se movió le vi los muslos. No podía esperar, ni dormir. Bajé al garaje, a sacar el auto, las calles estaban desiertas, un pueblo muerto, un policía patrullaba con el diminuto cochecito con el que controlaban las infracciones de tránsito, lo dejé atrás y luego de algunos desvíos entré en la autopista que iba hacia Nueva York. Un paisaje desolado, las luces lejanas de un bar, un cartel luminoso en la ruta, un Taquitos Restaurant, una garita de seguridad vacía, ningún auto en el camino. Exit Route One, hay que girar a una milla y subir por el puente para entrar en el Holland Park y bajar al estacionamiento del hotel. Tenía la numeración de la reserva de la habitación y marqué el número 341 en el tablero del parking y se levantó la barrera que permitía pasar. El playón iba subiendo en círculos y al fin estacioné el coche en el tercer piso, a un costado, entre dos rayas blancas con el número de la habitación escrito en la pared.

En la recepción un hombre de negro certifica la reserva, mira sin interés mi documento y me entrega la llave, no una tarjeta magnética esta vez. Le pido al barman si puede hacerme subir a la habitación una botella de whisky. El cuarto no es el mismo de la vez anterior, parece más antiguo o más señorial, con cortinas de terciopelo rojo en las ventanas. Paredes decoradas con escenas de caza, muebles impersonales, sepulcros con aire acondicionado. La televisión, una caja de seguridad con una clave, un bar minúsculo con minúsculas botellas, una cama *king size*, la colcha roja. Todo siempre en el mismo sitio. Por lo visto los arquitectos manejan una disposición común para que los clientes habituales se ubiquen y sepan a oscuras dónde está el baño o la llave de luz. El botones me trae el whisky con dos vasos. ¿Está solo? Compañero, me dice, y no me gusta su aire de confianza, tenemos un servicio de acompañantes. Le di veinte dólares y me dio un número de teléfono. Me atendió una mujer de voz cautelosa. ¿Cómo quiere?, me dice. La que esté disponible, le digo. Todas están disponibles. Una rubia, dije. En internet tiene fotos, puede elegir, le doy el *password*. No hace falta, le digo, una rubia entonces. Justine, me dice. ¿Cómo? Justa, se llama Justa. Un nombre cualquiera, voy a esperarla. Hay un sonido de agua en las paredes del cuarto, como si la calefacción funcionara a pleno en las cañerías. Al rato suena el timbre. La muchacha es rubia platinada y está vestida de negro, con tacos altos. Una cara medio asiática, una lluvia blanca en el pelo. Soy, me dice, Justa, la Blonde. Gracias por elegirme, dice, y me acaricia la boca con dos dedos como si me estuviera dibujando los labios. Habla con voz nasal, aniñada. Tiene ojos oscuros y bellos, uno de sus ojos está *vivo*, el otro es estéril y su mano derecha parece hecha de metal blanco y ella la cubre continuamente con la manga de la blusa de seda a la que le falta un botón en el puño. Hubiera tardado menos si no le hubiese costado tanto encontrar la salida del *freeway,* dice. Usaba el pluscuamperfecto de subjuntivo y su sintaxis era extraña porque esa forma verbal existe en castellano pero no en inglés. ¿Existe en castellano pero no en inglés? Pensé que si nos quedábamos conversando iba a ser peor. Entonces ella fue al baño, «a ponerse fresquita», según dijo de un modo que me pareció ridículo y sublime. Nunca le había pagado a una mujer. Podía decir que había venido a buscar una *sweetheart* al hotel y que las dos veces anteriores también había ido por el mismo motivo. Sería una coartada como cualquier otra. Me siento solo, podría decirles, soy extranjero. Vengo de Buenos Aires. Pero eso ya lo saben. El calor me adormecía. Se abrió la puerta del baño y la muchacha estaba desnuda pero con tacos altos, en la puerta, bajo la luz cruda. ¿Te gusto?, me dijo en español. Tenía una cicatriz roja en el vientre y el pubis afeitado. Me levanté y fui hacia ella. Había un cuervo *vivo* so-

bre la cómoda. Metía el pico bajo el ala con un ojo fijo en mí...
Eran las 5.03 am en el reloj luminoso. Al menos puedo soñar,
pensé, y me desperté, boca arriba en la cama, transpirado. ¿Había podido soñar con ella? Ya no recordaba el sueño, sólo fragmentos, la habitación 341, una mujer rubia. ¿Qué hacía ahí?
El sueño se había borrado pero la sensación era de suciedad y
de temor. Me acerqué a la ventana, estaba amaneciendo. En los
fondos del jardín de al lado vi a Nina que cuidaba sus plantas,
la bruma de su respiración era una niebla en el aire transparente. Sentí que atrás, en el cuarto, en lo alto de la mesa del fondo, el cuervo alzaba las alas.

II
La vecina rusa

CAPÍTULO CINCO

1

Ahora, al recordar aquellos meses, pienso que si pude mantenerme relativamente cuerdo fue gracias a Nina Andropova, mi vecina rusa. Mis conversaciones con ella tenían un efecto tranquilizador, como si Nina se moviera a otra velocidad, ajena a las urgencias del momento. Yo volvía una y otra vez a mis encuentros con Ida y a la tarde en que la vi por última vez en los pasillos del Departamento y ella se alejó con las cartas en su mano izquierda y un bolso de lona en el hombro. ¿Era la izquierda? Pero si ella era zurda, ¿por qué en el coche, según el croquis de la policía, era la mano derecha la que se inclinaba, a buscar algo en el piso? Oh, querido, me decía Nina, no es así como vas a entender lo que pasó.

Las conversaciones con Nina parecían destinadas a hacerme salir de las tinieblas dostoievskianas en las que me había sumergido. Era como si la historia de su vida, que me contaba en ráfagas, y su conversación brillante me hicieran recordar los viejos tiempos, las reuniones donde se hablaba de política en cuartos llenos de humo, las muchachas ardientes que militaban en los barrios obreros y planeaban revoluciones que iban a purificar el mundo; todo ese esplendor parecía persistir en su voz musical y tranquila.

En esos días yo escuchaba una frase en la calle y pensaba que hablaban de mí («Estaba vestida de azul»). Vivía en un mundo donde todo tenía un sentido secreto y cada gesto o cada detalle ocupaba un lugar que era válido sólo para mí. Nina me escuchaba pacientemente y cambiaba de tema, como si sólo quisiera ayudarme a curar mis heridas y a sobrevivir. Era generosa, y volvía una y otra vez a los años rusos como diciendo nosotros sí que hemos vivido tiempos gloriosos y grandes tragedias, discursos encendidos y represiones multitudinarias llevadas adelante por nuestros héroes revolucionarios; las cuestiones privadas no podían usarse para sufrir porque ya no tenían lugar en el corazón. Su madre se había ido a vivir a una aldea miserable en Siberia para estar cerca del campo de trabajo donde su padre iba a morir. También a nosotros, le dije, nos habían arrastrado la historia y el horror y podía entender de lo que estaba hablando. Oh, sí, todo se puede comprender menos la violencia revolucionaria y la euforia del triunfo, me dijo mientras colocaba con cuidado un cigarrillo en la boquilla blanca, como si tuviera sentido todavía proteger de ese modo sus pulmones. Tenía casi ochenta años, estaba más cerca de la muerte de lo que yo podía llegar a imaginar, y sin embargo se movía con entusiasmo, sin perder el ardor.

Nina había sobrevivido en Francia durante la guerra y la ocupación alemana trabajando de niñera en el círculo de los escritores de la NRF (había criado y educado a los hijos de Jean Paulhan) mientras escribía bajo la tutela de Nikolái Berdiáev su tesis sobre *Los años de juventud de Tolstói*. En 1950 dejó París y vino a los Estados Unidos. Me fui porque no soportaba el clima de la izquierda francesa después de la Liberación, con Sartre, Aragon y otros sátrapas que defendían la represión en Rusia con la hipótesis de que los viejos bolcheviques habían estado objetivamente al servicio del enemigo más allá de sus intenciones, contaba Nina. Sartre había escrito al final del *Saint Genet* que Nikolái Bujarin, el brillante intelectual cosmopolita y teórico del Partido Comunista, no había sido una víctima de Stalin sino un traidor a la revolución justamente castigado tras sus confesiones. Los habían torturado y los iban a fusilar y los habían obligado a confesar crímenes absurdos. Era difícil ser de izquierda en esos años, y lo es todavía, dijo Nina. Pero soy rusa, querido, y es imposible para mí ser reformista, y subrayaba la palabra que pronunciaba en ruso. *I'm a russian, dear, and it's imposible for me to be a* reformist.) Seguía pensando que el zar y su corte habían sido los responsables de las catástrofes de Rusia y que la revolución había sido un fuego que destruyó primero a sus héroes y luego aterrorizó a todo el pueblo. Aquella madrugada, cuando tomó el tren a Finlandia, supo que un mundo entero quedaba atrás, junto a la imagen de sus padres en la luz mortecina del andén vacío. Desde que salió de Rusia había vivido con el sabor a ceniza del destierro en la boca.

Había llegado a Nueva York con setenta y cinco dólares en el bolsillo, un ejemplar del primer tomo de su biografía de Tolstói, y la decisión de empezar de nuevo. Recordaba la figura imponente de Alexandra Tolstói, la hija del conde, que dirigía una fundación dedicada a apoyar a los exiliados soviéticos que venían a América, impaciente detrás de la valla, en la dársena del puerto de Nueva York, mientras los guardias de Migraciones demoraban a Nina con preguntas insultantes y el muelle se iba despoblando hasta que al fin pudo cruzar arrastrando la valija donde llevaba lo poco que tenía.

Nina había hecho todos los trabajos imaginables y debió penar dos años antes de conseguir un puesto de profesora de ruso en un *college* de New Jersey. En 1960 publicó la segunda parte de su monumental biografía (*El novelista Tolstói*) y ganó la cátedra de Literatura en el Departamento de Lenguas Eslavas de la universidad. Aquí había conocido a su marido, el geógrafo ruso Albert Ostrov, que investigaba sobre la cartografía de los volcanes de la Luna en el legendario Institute of Experimental Studies. Pero su adorado Albert había muerto y ella ahora estaba sola, jubilada ya de la enseñanza y enterrada en su libro interminable sobre los últimos años de Tolstói.

Estábamos en su casa, en su cuarto de trabajo, con altos ventanales que daban al jardín. Nina empezó a pasearse por la sala llena de mesas con papeles y libros, con iconos y muebles antiguos. Lo peor para ella era que ya no tenía a nadie con quien hablar en ruso. Hablaba sola, y a veces les recitaba Pushkin a los silenciosos peces que agitaban su larga cola en la pecera circular. Hacía un tiempo había llegado un matemático ruso al instituto, me dijo. Pero se negaba a hablar en ruso y se comunicaba con todos en un inglés precario. Nina se las ingenió para invitarlo a comer en el restaurante de la universidad y fue preparada para conversar, pero el matemático era tan callado que Nina se sintió una idiota durante toda la comida haciendo comentarios sin sentido. Hasta que al final del almuerzo el matemático se levantó y le dijo en ruso con voz alterada: «¿Usted cree en los espíritus?», y se fue cruzando el salón a grandes pasos.

Según Nina, esa tendencia a elevar todos los problemas del plano de lo comprensible mediante alguna *expression mystique* era muy rusa. Tal vez esa espiritualidad es lo que más extraño, dijo Nina, y se largó a reír. Largos párrafos pseudofilosóficos e incomprensibles pero muy apasionados, o una sola palabra inesperada que invierte el sentido trivial de la conversación. Cuando uno deja de hablar en ruso y luego escucha hablar a los rusos, no entiende nada. El más preciso de sus comentarios concretos siempre tenía derivaciones enigmáticas que resultaban incomprensibles. El resultado final de ese tipo de mensaje, con independencia de la precisión con que estuviera formulado, era elevar el significado tan lejos del uso cotidiano que el sentido desaparecía por completo. Eso explicaba la tendencia de los escritores rusos —de Gógol a Dostoiesvski y Solzhenitsyn— a predicar y a entrar en divagaciones religiosas. Los lleva la lengua misma a esas honduras, dijo sonriendo.

La tendencia del idioma ruso a la expresión mística era un tipo de imperfección ontológica que no aparecía en otras lenguas indoeuropeas. Los verbos de acción y de percepción personal llevados a su uso extraverbal eran rigurosamente coherentes en la práctica de las lenguas eslavas. El problema esencial era que no había términos en ruso para la tipología de los pensamientos y sentimientos occidentales. Todo es pasional y extremo. No se puede decir buenas tardes sin que suene como una amenaza. Por eso es tan difícil traducir el ruso y Nabokov se hundió en un pantano en su catastrófica traducción de Pushkin. Era arrogante y era un sentimental, y creyó que traduciendo literalmente el *Eugenio Oneguin* podía transmitir la entonación emocional de la poesía rusa. ¡Imposible! Hay que leer ruso para oír esa misteriosa música mística.

Tolstói, dijo después, es el más grande de nuestros escritores porque luchó contra esa debilidad de la lengua y en esa lucha, dijo Nina, descubrió la *ostranenie*. Esa palabrita mágica no tiene traducción, podemos decir distanciamiento, extrañamiento, incluso *unheimlich,* como Freud, o desfamiliarización. Una distorsión que altera el sentido trivial para hacer ver la luz clara de la lengua rusa. Tolstói la usó y la hizo visible. Era un narrador excepcional y su estilo está lleno de dificultades, no tiene nada de elegante, y ha sido criticado y muchos lo acusaron de escribir mal y escribía mal —no era Turguénev— porque buscaba alterar la enfermedad metafísica del idioma vernáculo. Él transformó el modo de escribir en ruso. Sin Tolstói no se puede concebir a Mandelstam, ni a Ajmátova, ni a Sklovski. Él cristalizó ese procedimiento, esa luz, esa mirada fina, el detalle visual que dice sin decir la carga espiritual.

Cuando estaba luchando contra la pena de muerte, Tolstói escribió una crónica sobre la ejecución de un pobre campesino incendiario. El patíbulo, el verdugo, la cara lívida del que estaba por ser ahorcado, el patetismo de la situación. Tolstói, a diferencia de lo que hubiera hecho cualquier otro cronista, se detuvo en la descripción del sirviente que llevaba el balde con agua jabonosa para humedecer la soga del ahorcado y lograr que resbalara con más facilidad por el cuello de la víctima. Ese detalle liquidaba toda metafísica y hacía sentir el horror burocrático de la ejecución mejor que cualquier jaculatoria emocional a la Dostoievski sobre los humillados y ofendidos.

Nina fumaba y bebía té, un cigarrillo tras otro, una copa verdosa tras otra del samovar plateado. Se había parado junto a la ventana y la luz alumbraba su pelo medio azulado. Tolstói luchó contra la indomable profundidad demoníaca de la lengua materna, describiendo los detalles mínimos que subsistían bajo la costra metafísica, y de ese modo esquivó la trampa de la oscura profundidad religiosa del lenguaje. ¡Su verdadero discípulo fue Wittgenstein! Lo que no se puede decir, no se dice.

Se había parado junto a la ventana y se quedó callada, como si representara con su silencio lo que estaba tratando de decirme. La luz de invierno entraba suave por la ventana. Las ardillas corrían de un lado a otro por la tierra helada del parque buscando algo de comer.

—Aquí abundan las ardillas porque no hay perros sueltos —dijo Nina—. Habría que importar perros callejeros.

2

No podía dejar de pensar en la pieza vacía del hotel, en la disposición neutra de los muebles y los objetos, en el pañuelo de tul de Ida, cubriendo el velador con una sombra rojiza. ¡Una obsesión hotelera! Ella salía desnuda del baño, el pubis núbil, los muslos suaves. Una tarde, obsesionado con esas imágenes que volvían con la nitidez de los sueños, saqué el auto del garaje, di algunas vueltas por el pueblo, crucé el bosque y tomé la Route One para volver al Hotel Hyatt. En el bar el pianista seguía tocando piezas de Ellington *(Sweet Georgia Brown)* y yo subí al quinto piso y pasé la noche en una habitación igual a todas. No había otro lugar donde me pudiera sentir a salvo y quizá, como había hecho tantas veces en mi juventud, si me instalaba en ese cuarto anónimo iba a poder poner en marcha la historia que me costaba escribir. Allí fue donde empecé a trabajar en estas notas, a tratar de cubrir los huecos y registrar los detalles y los recuerdos, para que mi vida de aquellos días encontrara alguna forma. (La forma anónima e impersonal de una pieza de hotel.) Me tranquilizaba pensando que podía ser una coartada, si la policía descubría las reservas del Hyatt les diría que de vez en cuando iba al hotel y me encerraba a escribir.

Y eso hice. Coloqué la mesa contra la ventana que daba a la ruta, veía pasar los autos, abajo, como luciérnagas. Todo estaba tan ligado a Ida, al recuerdo de mis noches con ella y a nuestras conversaciones, que a veces me parecía escuchar su voz, y ver su cuerpo desnudo contra el espejo; ésas eran las imágenes que me seguían desde hacía semanas. Me puse a escribir sobre su primera llamada en diciembre, cuando me encontró en Buenos Aires, luego de algunos días en los que no tuvo noticias mías.

Al amanecer volví sigilosamente al pueblo manejando por la autopista hasta la salida de la rotonda de Washington Road con la misma sensación de extrañeza que tenía al volver de mis encuentros con Ida Brown. Uno puede tejer una telaraña a su alrededor tratando de justificar sus actos y esa tela es la que al fin puede terminar por ahogarlo.

A mediados de marzo habíamos retomado los cursos después de la semana sin clase del *midterm*. Todo se mantenía en una extraña irrealidad, como si la ausencia de Ida nos hubiera obligado a fingir que nada pasaba. Un grupo de estudiantes graduados impulsado por John III había firmado una carta dirigida a las autoridades de la universidad pidiendo aclaraciones sobre el caso de la profesora Brown, pero les habían contestado que todo estaba en manos de la justicia y que la policía había dado el caso por cerrado bajo la carátula «muerte dudosa en accidente». Eso significaba que, si algún nuevo elemento entraba en conocimiento de la policía, la investigación se podía abrir, pero también insinuaba que podía tratarse de un suicidio. La declaración había indignado a los estudiantes y también a los colegas. Era imposible imaginar que Ida fuera a suicidarse y yo sabía muy bien que esa insinuación no tenía nada que ver con la verdad de los hechos. En los pasillos circulaban múltiples versiones, pero hoy, al releer mis apuntes de aquel tiempo, compruebo que fue Nina quien primero conjeturó lo que realmente había pasado. Sólo algunas notas aisladas en los periódicos permitían imaginar que había una sucesión de incidentes extraños entre los que podía incluirse también la muerte de Ida.

Según me dijo, hacía pocas semanas había muerto en condiciones dudosas un catedrático de Yale conocido por sus investigaciones en biología molecular. (¿Qué relaciones podía haber entre esa muerte y el accidente de una profesora de literatura inglesa experta en Conrad?)

¿Quizá los profesores se estaban matando entre ellos?, ironizaba Nina. En sus años en Rusia había aprendido las virtudes del sarcasmo. Nina conocía bien el mundo académico, lo consideraba una jungla más peligrosa que los pantanos de Vietnam. Gente muy inteligente y muy educada que por las noches sueña con venganzas terribles. Había pasado por todas las escalas de la así llamada carrera académica y sabía de los rencores y los odios que recorrían los departamentos universitarios donde los profesores conviven durante décadas.

¿Qué podía haber pasado? Había que esperar, el único dato cierto de que se disponía eran las cartas que la profesora Brown había retirado de su *mail box*. ¿Se podía conseguir una lista de la correspondencia que había llegado ese día al Post Office de la universidad? Si tuviéramos esa información, dijo Nina, podríamos saber quién le había escrito, quiénes eran los remitentes de las cartas. ¿Había una caja en sus manos, había un paquete? ¿No lo recordaba yo? ¿Quizá un sobre de UPS o de FedEx? Se entusiasmaba y elaboraba conjeturas e hipótesis centradas en los minutos que siguieron a su salida de la reunión, su entrada en la oficina del Departamento, su conversación con la secretaria de Estudios Graduados y su encuentro conmigo. ¿A qué hora? Entonces, si el accidente había sido a las 19.00 pm, todo había pasado en veinte minutos. A menudo, dijo, las bombas de tiempo accionan al romperse el papel que envuelve la caja o el libro hueco donde han sido instaladas.

A veces se desanimaba. ¿Qué puede saber un particular, decía Nina, por más sagaz que sea? La trama múltiple de la información deliberadamente distorsionada, las versiones y contraversiones son el lugar denso donde imaginamos lo que no podemos comprender. Ya no son los dioses los que deciden el destino, son otras las fuerzas que construyen maquinaciones que definen la fortuna de la vida, mi querido. Pero no creas que hay un secreto escondido, todo está a la vista.

3

Había cortado mi conexión con la Argentina como si no quedara nada ahí. De vez en cuando iba a la biblioteca y leía algún ejemplar atrasado de los diarios para encontrar el tono perdido de mis días en Buenos Aires. Miraba qué filmes estaban dando, qué exposiciones, miraba el estado del clima, los cambios de la situación política, pero con una indiferencia extrema, como si lo que estaba leyendo sucediera en un pasado remoto y yo viviera en un tiempo paralelo y lejano. Unos meses antes del golpe militar, había renunciado a mi puesto en el diario *El Mundo* y había pasado un par de años encerrado en un departamento de la calle Sarmiento escribiendo una novela que había tenido un módico éxito (el módico éxito que es habitual en Buenos Aires), pero desde entonces mi vida se había estancado. Una vez se me ocurrió andar con el auto por una playa abierta y despejada en el sur de la provincia de Buenos Aires y el auto se encajó en la arena húmeda. Era imposible sacarlo porque, al cavar, el agua brotaba junto a las ruedas mientras el mar iba creciendo y amenazaba con llevarse el coche. Por fin me sacó un paisano con un par de caballos de tiro como si yo estuviera en un barco encallado en medio del océano.

Incluso a veces imaginaba qué habría pasado con mi vida si me hubiera quedado en Buenos Aires. Tal vez me habría reconciliado con mi ex mujer, tal vez habría logrado por fin los favores de Margarita, la vecina del piso de arriba, seguro habría seguido dando vueltas, escribiendo en los suplementos literarios, conversando con mis amigos en el bar La Paz.

Era posible encontrar conexiones, vínculos, tramas y paralelismos entre una vida y otra, y ese doble vínculo me protegía de los recuerdos verdaderos. A veces me traían a la realidad los mensajes que recibía de mis amigos, aunque nunca les respondía; me escribían e-mails o me dejaban su voz grabada en el contestador telefónico de mi oficina que seguramente habían encontrado en la página de la universidad. Che, Emilio, ¿en qué andás? Llamame, soy Junior. Era raro, ¿por qué quería hablarme? Me extrañó, pero no contestaba. Incluso varias veces me llegaron cartas de algunos amigos —de Anita, de Gerardo, de Germán— que recurrían al antiguo método de despachar la correspondencia en el correo a ver si recibían respuesta. Pero no las abría. También recibí un par de cartas de Clara, mi ex mujer, pero a ella le contestaba sin abrirlas, imaginando lo que me diría con toda certeza y sabiendo lo que esperaba que yo le dijera, aunque a esa altura era un extraño para ella y ella para mí (a pesar de los años que habíamos vivido juntos).

Un par de veces llamé a mi madre, que vive en Canadá con mi hermano y su familia. Le prometí que viajaría a visitarla aunque ella y yo sabíamos que no iba a suceder, pero lo decíamos siguiendo un rito que consistía en expresar sentimientos que ya habíamos olvidado. La segunda vez que la llamé le dije que había conocido a una muchacha que se llamaba como ella. Mi madre se rió y creo que me respondió lo mismo que me había dicho Ida: es ridículo, con tantas mujeres que andan por ahí. A nadie le gusta llamarse como se llama otro y yo mismo me irrito cuando encuentro algún Renzi entre mis conocidos. No puede ser, dijo, y no me gusta, y cambió de tema. Tu hermano, muy bien, se compró una casa en la playa, los chicos aprenden flauta y violín y empezaron a jugar al fútbol en el colegio y siempre preguntan por vos.

4

Cuando iba a dar clase y escuchaba en el pasillo el suave murmullo de risas y voces que siempre se oye cuando se está por entrar en el aula, pensaba que los alumnos sabían todo lo que yo pensaba y que su red de informantes y de versiones era impecable. Esas risas ¿me estaban dirigidas? Establecía conexiones entre hechos aislados, como si la impresión de que todo estuviera ligado fuera un signo de sagacidad. Los locos razonan así, pensaba mientras la luz de la tarde iluminaba los pasillos de la biblioteca en la que todos los libros del mundo coincidían en un edificio interminable, como en los cuentos de Borges, un autor para quien también todo parece tener que ver con todo, y el mundo respondía a la lógica demoníaca de una divinidad que delira.

Estaba en eso cuando, para confirmar mis intuiciones, una tarde apareció el inspector O'Connor acompañado por el mismo pesquisa de cara cetrina, anteojos Clipper y pelo lacio que lo había acompañado la otra vez. Me estaban esperando en la puerta del seminario, como si quisieran hacer ver que yo seguía siendo un presunto inculpado. No me gustaba que se hicieran ver por los alumnos que salían de clase, pero ésa era su intención. El caso de la profesora Brown se había cerrado, me dijo O'Connor, podía moverme libremente, pero había dos cuestiones que querían conversar conmigo. Me presentó entonces al hombre de anteojos oscuros como John Menéndez, agente especial del FBI. O'Connor miró su libreta y me reveló que efectivamente estaban investigando una serie de atentados en distintas universidades. La muerte de Ida parecía un accidente y ellos no veían evidencias de que perteneciera a esa serie, pero había un par de cuestiones que querían aclarar. Tenían entendido que Ida solía frecuentar el Hotel Hyatt. Sé lo que significan esas insinuaciones, de modo que no dije nada y esperé. Ida había ido a ese hotel varias veces a fines del año pasado y también en enero. ¿Usted no tenía noticias? Estaba en la Argentina en esa época. Sí, lo sabían, pero ella ¿no había hecho referencia a esas reuniones o a esos encuentros? Por lo menos no a mí. Me mantuve en suspenso, ¿sabían que nos habíamos visto y lo ocultaban para ver mis reacciones? Creemos, dijo O'Connor, que ella se hospedaba en el hotel cuando tenía que tomar un vuelo a la mañana temprano en el aeropuerto de Newark. ¿Eso era todo? No, la noche del accidente, ¿usted no le alcanzó nada a la profesora Brown cuando se encontraron en el pasillo? La secretaria nos había visto conversar desde su escritorio. Nada, le dije, estábamos en una reunión y cuando salí, ella estaba efectivamente en el pasillo, pero ya llevaba la correspondencia que había retirado del Departamento. ¿Tenían ellos la lista de las cartas que había recibido? Nosotros hacemos las preguntas, dijo Menéndez, con un tono bajo, casi un susurro. Perfecto, dije, disculpen pero tengo que seguir trabajando. Sí, claro, dijo O'Connor, y antes de despedirse me recomendó que me hiciera ver de mis perturbaciones, un análisis de rutina siempre ayuda, dijo. Se despidieron y se alejaron por el pasillo como dos sepultureros. Era muy raro, tuve la sensación de que habían querido avisarme de que estaban al tanto de las visitas al hotel. ¿Sería eso? ¿Y por qué iba ella al Hyatt antes de que yo hubiera aparecido por aquí? Ahí entendí el modo en que la policía siembra dudas y obsesiones en los inculpados en una causa. ¿Sería verdad que ella había ido antes, de noche, sola al Hyatt? ¿O sólo me advertían que estaban al tanto de mis encuentros con ella? Estaba otra vez inquieto, y antes de volver a casa di algunas vueltas en el coche para calmarme, manejar me tranquiliza, y salí hacia Filadelfia sin subir a la autopista. Anduve por algunas rutas laterales, entre bosques y casas de campo. Encendí la radio y escuché las noticias y el estado del tiempo. Después transmitieron canciones de Bob Dylan. En Lawrenceville, un poblado del camino, bajé a comer algo y después salí y di la vuelta para regresar al pueblo por Nassau Street. Al doblar en Markham Road vi que las luces de mi casa estaban encendidas. Estacioné en la entrada del garaje y entré por la puerta lateral. Estaba cerrada y también estaba cerrada la entrada principal. ¿Sería un olvido y yo mismo había dejado la luz prendida? ¿Habrían entrado? Todo estaba en orden, sólo parecían haber movido algunas hojas de mis notas de clase. Mis cuadernos estaban abiertos sobre el escritorio.

No había nada comprometedor, los nombres eran letras y los lugares estaban cambiados. Escribo en esos cuadernos desde hace años y siempre he tratado de ser yo el único que pueda descifrarlos, pero ¿cómo leería esas páginas un policía? Era ridículo pensar que el FBI se dedicaba a leer entre líneas lo que yo escribía. ¿Habrían entrado? Revisé los cuartos, estaban en orden. Claro que ésa podría ser la prueba de que habían entrado subrepticiamente. ¿Se habrían llevado algo? En la biblioteca de Hubert, sobre una mesa baja había un número de la revista *Partisan Review* de 1988, abierto en el ensayo de Martin Jay, «The Fictional Terrorist». ¿Yo lo había olvidado ahí? Empecé a preocuparme. Tenía que saber qué estaba pasando conmigo.

Decidí llamar a Ralph Parker, el detective conocido de Elizabeth. Me atendió la secretaria de la Ace Agency. Soy Emilio Renzi, le dije, amigo de Miss Wustrin. Quería consultar a Mister Parker. Cobra, me dijo la chica, trescientos dólares la consulta, siguiera o no adelante con el caso. Si el trabajo continuaba los trescientos dólares se descontaban de los honorarios. El costo por día dependía del tipo de investigación. Me citó con Parker para la semana siguiente.

CAPÍTULO SEIS

1

Parker me recibió en su oficina como si no me conociera o me hubiera olvidado; para hacer el encuentro más profesional, una secretaria rubia tomaba nota de lo que estábamos diciendo. La chica se llamaba Ginger y usaba un frenillo en los dientes de adelante, así que parecía una *teenager,* recién salida de la High School. Me sirvieron una taza de té verde y unas galletas de jengibre que tenían gusto a pis de gato. En la computadora de Ginger se oía la cítara del gran Ravi Shankar; estábamos en la India aunque por las ventanas se oían las sirenas policiales y el rumor altivo de Nueva York. Les hice una síntesis de la situación; estaba preocupado; una colega del Departamento, la profesora Brown, había muerto en un accidente extraño, y estaba convencido de que el FBI me vigilaba.

—Creo que entraron en casa cuando yo no estaba.

—Natural, no van a ir cuando esté —dijo Parker, y la secretaria festejó el chiste de su jefe con una tosecita seca.

El FBI realizaba habitualmente allanamientos nocturnos sin orden judicial. No había que alarmarse, podía ser una revisión de rutina en la casa de todos los que habían tenido relación con Ida Brown.

Por lo que se sabía, el FBI estaba efectivamente detrás de una serie de atentados en universidades del país. Habían empezado hacía tiempo pero recién ahora se empezaban a establecer conexiones entre distintos accidentes aislados. ¿Qué relación había entre esos hechos? No se sabía. Ida podía pertenecer a esa serie y quizá el FBI había dejado abierta esa pista por si algún pajarito caía en el lazo. Pueden creer que fue un atentado o que ella murió manipulando una bomba. Ninguna hipótesis estaba cerrada. Me pidió más detalles, todo podía servirle en su investigación, incluso los datos más anodinos. Cuando empecé a hablar, Parker le pidió a la chica que nos dejara solos y fue anotando lo que yo decía en una libreta. Le hice un resumen de la situación desde que había llegado aquí en enero y le conté que había recibido, como todos los profesores del Departamento, una visita de rutina de la policía para conocer detalles del caso. Pero luego, ayer, el inspector O'Connor de la policía de Trenton y una especie de agente latino del FBI me habían esperado a la salida de una clase y cuando llegué a casa encontré indicios de que habían revisado mis papeles. Sólo pareció interesarle la referencia al agente latino. Me pidió más datos, le dije que casi no había hablado, que sólo había estado ahí escuchando mi conversación con O'Connor. Y que al final me había aclarado que ellos eran los que hacían las preguntas. Parker anotó un par de frases en su libreta y me hizo un resumen de la situación.

La policía estaba desorientada, no sabían si los atentados estaban conectados o se trataba de simple coincidencia. En general los que sufrían los ataques eran *scholars* prestigiosos, científicos especializados en biología o en lógica matemática. Ida parecía estar fuera de ese *target*. Pero nunca se sabe, concluyó. Podía ser un loco o podía ser puro azar.

Parker iba a pedir acceso a los archivos del FBI. Tenía que firmarle una autorización. Me quería aclarar que sin la colaboración de las fuerzas de seguridad su trabajo no podía existir. Hay dos Estados Unidos, dijo Parker. Uno, visible, el país en el que soy un ciudadano que vota, la república democrática de los padres fundadores. Y otro subterráneo, con un poder central sin control, que liquida todo lo que pone en peligro la seguridad nacional. Con ese poder oculto él tenía que hacer sus negociaciones y colaborar para que no lo aplastaran como a un mosquito. Sabían que estaba trabajando en el caso de los soldados negros asesinados en Irak pero no les importaba: el ejército era otro mundo, ellos eran los chicos del trabajo interno. Vengo de la Argentina, le dije, sé cómo son estas cosas. La mitad de la población trabaja para los servicios de información y la otra mitad es la que está vigilada.

Parker iba a obtener autorización para leer transcripciones telefónicas e información reservadas y a consultar los registros del caso, pero tenía que decirle por qué estaba yo tan interesado en el asunto y por qué lo había contratado.

Estaba claro para mí que no podía explicárselo. Me había obsesionado con esa mujer y era por mi obsesión por lo que había recurrido a un detective privado. Le dije sin entrar en detalles que Ida era una amiga, una intelectual reconocida, su prestigio estaba en juego, la administración de la universidad se había lavado las manos, pero para mí no era lo mismo si ella había muerto en un estúpido accidente de tránsito o de otra manera.

—No es lo mismo ¿para qué? ¿Para el currículum de la profesora? —Me miró con ironía. Tenía que haber algo más.

—Tuve una historia con ella, pero se la oculté a la policía.

Ah, bien, dijo, y anotó algo en su libretita. Y ellos lo saben, por supuesto. ¿Estaba casada? No, no estaba casada. ¿Algún colega conocía la situación? No creo. Y por qué había ocultado la historia. Ella no quería que se supiera y respeté su decisión.

—Oh là là —dijo él, divertido.

De pronto entendí que Parker era un típico ex policía norteamericano, despiadado, cínico y patriótico. ¿Había otras cosas que él tendría que saber?, preguntó, así que me moví con cautela sin excederme en los datos ni en las hipótesis.

—Hablaron con mi médico en Buenos Aires —le dije, y eso lo sorprendió.

Iba a investigar, a ver a alguno de sus contactos. Me quería prevenir de que sólo le permitían investigar en los archivos muertos, es decir, no habría información sobre testigos en curso (es decir, sobre personas vivas). No quieren que la información se convierta en una forma de chantaje.

Estaban buscando en serio, según Parker. El latino, John Menéndez, era el jefe de Investigaciones Especiales, director de la Unidad de Análisis del Comportamiento del FBI. Era un as, era el mejor de todos y era raro que se hubiera movilizado personalmente. Debe pensar que hay algún hilo suelto entre Ida y la serie de atentados. En fin, se iba a ocupar, me mantendría informado. No hacía falta que le diera un adelanto, prefería que le pagara por semana de trabajo.

2

Salí de la oficina después de mediodía. Me había citado con Elizabeth en el Central Park y no en su casa, como si pensara que me seguían y estuviera acatando medidas de seguridad. En una época en la Argentina todo el mundo, hasta los más distraídos, hacíamos eso, el terror obliga a imitar a los perseguidores y actuar sigilosamente. Encuentros pautados en lugares abiertos donde uno pudiera escapar, nunca esperar a nadie más de tres minutos, dar una vuelta a la manzana y ver que no te seguían, no anotar números de teléfono, en lo posible viajar en subte. No sirvió de nada. La mayor operación de la guerrilla urbana en la Argentina —el ataque a un arsenal del ejército en Monte Chingolo— estuvo dirigida por un infiltrado de los servicios de inteligencia, a quien sus amigos llamaban el Oso...

Ya no paraba en Leo House, como si al cambiar de lugar fuera a engañar a los pesquisas. Los veía por todos lados, cualquiera que se detuviera en una esquina me hacía pensar que me estaba siguiendo. A Elizabeth también le habían preguntado por mí. Cuestión de rutina. Había reaccionado con altivez cuando el funcionario del FBI le preguntó si yo había viajado a Cuba. Claro, dijo ella, en La Habana le publicaron su primer libro pero de eso hace miles de años... Los dos agentes amables y formales no dijeron nada pero anotaron los datos. Escriben parados, dijo Elizabeth, deben usar métodos taquigráficos o escriben cualquier estupidez para hacer ver que trabajan seriamente.

Era una mujer que no se dejaba atropellar. Tenía una forma de hablar y de vestirse que denotaba su clase social y vivía en uno de los barrios más caros de la ciudad. Su familia de adopción la había criado en Brooklyn, pero había entrado en Columbia con una beca y eso la ayudó a incorporarse a la élite intelectual de Nueva York. No hay viaje más largo que el trayecto desde los barrios bajos de Brooklyn a los cenáculos del alto Manhattan, me dijo un día.

Me senté en un banco del parque a comer un *hot dog* y empecé a tirarle migas a los pajaritos. Estábamos en marzo, la primavera se adivinaba en el aire. Un chico de unos cinco años se paró en un costado y empezó a mirarme. Después me preguntó si el ketchup no les hacía mal a los pájaros. No creo, le dije. Están acostumbrados a todo. En invierno comen la basura pegada a las rejillas del subte. Eso lo hizo reír. ¿Mocos?, dijo, ¿chicles? No, chicles no, pueden quedarse pegados. Risita. Le pregunté si quería un poco de salchicha. Me agradeció muy formalmente y me dijo que no le estaba permitido aceptar comida de un desconocido. Su padre iba a llevarlo a la casa de su abuela y ella le daba de comer un montón de cosas. Yo también alimento a veces a los pájaros, me dijo. Parecía muy tímido. Hubo una pausa y después me miró con aire lejano. Yo te conozco a vos, dijo, sos amigo de mi mamá.

Era Jimmy Archer, el hijo de Elizabeth, pero yo no lo había visto nunca. Yo soy Emilio, le dije. Sí, ya sé, dijo. No le importaría darle unas migas a los pajaritos siempre que no tengan ketchup. Le corté un pedazo de pan y fue tirando las miguitas con método en círculos cada vez más amplios. De inmediato varios pájaros empezaron a revolotear y a pelearse por las migas.

¿Se están matando?, preguntó con su vocecita tensa. No, para nada, juegan. ¿Y por qué aparecían muertos a veces los pichones en el piso? Se duermen y se caen de los árboles. Miró pensativo la pelea. Según él, los cuervos eran pájaros asesinos. ¿Los cuervos? Afirmó con la cabeza. Lo asustaba bastante pensar que un cuervo se podía meter en su cuarto a la noche. No se los puede ver. Después sacó como por arte de magia una pelota de béisbol de la campera y me propuso que jugáramos. Yo podía seguir sentado: ése era mi garden de catcher. Se alejó y me tiró una bola rápida con mucho efecto. Se la devolví y volvió a ponerse en posición, con una pierna levantada y las dos manos juntas encerrando la pelota contra su mejilla antes de lanzar el tiro.

En ese momento un hombre robusto, de cara alargada, apareció por uno de los senderos del parque. Parecía una réplica de Jimmy en tamaño gigante y tenía la misma expresión de ansiedad en la mirada. Fumaba un cigarrito de color café y tenía el pelo blanco sujetado atrás con una coleta atada con una cinta de goma. Como si todos se hubieran puesto de acuerdo, en ese momento llegó Elizabeth. El hombre pareció no verla y le habló al chico.

—Me retrasó el tráfico, Jimmy, perdona —dijo, y la fórmula sonó como una amenaza.

—Todo bien (*It's... Ok*) —dijo el chico con una pausa breve y temerosa en el chasquido de la respuesta.

El hombre de la coleta miró a Elizabeth.

—Me tiene miedo a mí y habla con un desconocido en el parque.

—No es un desconocido —aclaró ella, y los dos se alejaron hacia los árboles hablando con voz acalorada.

Me levanté y les di la espalda dejando que arreglaran el asunto. El chico miraba el piso con aire desolado y después vi que iba hacia el padre. De vez en cuando daba vuelta la cara y me miraba.

Elizabeth se sentó conmigo en el banco. Era su ex marido, el padre del chico. Había vivido varios años con él, era un escritor imperfecto, muy exitoso. Cuando lo conocí usaba bigote a la mexicana, dijo. Tendría que haber desconfiado, se hacía el hombre recio, siempre estaba actuando. Volvimos caminando por el parque y le conté el encuentro con Parker. No le parecía que tuviera que preocuparme. Todos los habitantes de Nueva York (salvo los negros) reciben ese tipo de visitas del FBI. A los negros no los visitan, directamente los matan o los meten presos, dijo... Si los investigaran, se sentirían más tranquilos.

Llegamos a su casa y me instalé allí un par de días. Viviendo con el escritor imperfecto Elizabeth se había convertido en una experta en imperfecciones. Tenía el proyecto de publicar una antología con relatos clásicos de grandes autores, editados y revisados. Había hecho una lista de defectos en las obras maestras: «Los asesinos» de Hemingway (demasiado explícito el final con el sueco); «Un día perfecto para el pez banana» de Salinger (hay un cambio de punto de vista que no se justifica); «Señas, símbolos, signos» de Vladimir Nabokov (el segundo llamado telefónico es redundante); «La forma de la espada» de Borges (sobraba el final con la explicación de Moon). Respecto al libro que yo había publicado, de ser por ella, habría suprimido todos los cuentos salvo «El joyero» (y a ese relato lo habría continuado con la historia de la niña y su padre escapando de la policía por las rutas del país).

A la tarde, cuando Elizabeth iba a la oficina, yo me instalaba a trabajar en la Public Library de la calle 42. Pedía libros del siglo XIX y revistas remotas, abría mis cuadernos y trataba de olvidarme de mis preocupaciones mientras el silencio y las lámparas de tulipa verde de la sala me daban consuelo y disolvían —como tantas veces en mi vida— las ansiedades del presente.

En la pampa Hudson había conocido a un hombre de aspecto huraño que vivía solo en una tapera en medio de la llanura; era inglés de nacimiento pero se había ido joven a Sudamérica «y se había hecho a la vida semisalvaje de los gauchos y había asimilado todas sus nociones peculiares, la principal de ellas era que la vida humana no era gran cosa. "¡Qué importa", dicen a menudo los paisanos y se encogen de hombros, cuando se les dice que un amigo ha muerto. "¡Mueren tantos hermosos caballos!"».

3

Un par de días después —el viernes de esa semana, según mis notas— tuve otro encuentro con Parker. El dato común de los atentados era una carta bomba dirigida a *scholars* e investigadores del mundo científico y académico. Por las características de los ataques y por los lugares en los que habían sucedido, era difícil que los hubiera realizado un solo individuo. El FBI presupone la existencia de un grupo anarquista, posiblemente una célula de ecoterroristas. No creían que el caso de Ida perteneciera a esa serie aunque su muerte era muy dudosa. Salvo, agregó, que ella formara parte del grupo y hubiera muerto al activar una bomba que pensaba utilizar (o transportar). Todas las bombas traían una inscripción de metal con las iniciales FC. Habían buscado sin éxito nombres o iniciales parecidas en talleres, fábricas y ferreterías. Eran bombas caseras hechas con material reciclado, muy difícil de rastrear, y por eso se comenzó a llamar al presunto atacante Mr Recycler. En ninguno de los atentados se pudieron descubrir huellas digitales o rastros que pudieran permitir avanzar en la detección de signos de identidad. Siempre se ataban los paquetes con hilo sisal, se los lacraba con una níquel, pero no se pudo ubicar su origen, se pensó que quizá el mismo Recycler los fabricaba. Todos tenían una estampilla de Eugene O'Neill de un dólar. ¿Me decía algo eso? O'Neill, bueno, era medio anarquista, había pasado una larga temporada en la Argentina a principios de siglo, viviendo en Berisso, un barrio obrero cercano a La Plata. Todo parecía muy raro. Es muy raro, me dijo Parker. Los atentados habían sido iguales, una carta bomba dirigida a una figura del mundo científico; todas eran artefactos caseros hechos de material de descarte y restos de elementos industriales y todas tenían la estampilla de Eugene O'Neill. Sólo los objetivos, la repetición de las estampillas y la hermética chapita con la sigla FC hacían ver que se trataba de una serie. Menéndez procuraba descifrar las pruebas físicas recogidas entre los restos de las explosiones. No había huellas, no había rastros nítidos y al principio él dedujo que el sospechoso era un mecánico de aviones que trabajaba en un taller casero en los fondos de su casa. La sofisticación en el uso de ciertas aleaciones metálicas parecidas a las utilizadas en la aviación hizo que ordenara una requisa en hangares, fábricas de aviones, cementerios de material aeronáutico, pero sin resultado.

Imaginan que puede ser una célula de cinco o seis miembros; no han hecho ninguna declaración pública, y el ritmo de los atentados es muy errático. Todos creían que era un grupo,

salvo Menéndez, que sostiene que se trata de un solo individuo. Por eso había empezado a entrevistar a asesinos seriales
detenidos en las cárceles del país, para tratar de captar alguna
lógica común en las acciones que investigaba. No fue mucho
lo que pudo deducir de esas conversaciones: básicamente actuaban por impulsos que no podían controlar y que los llevaban a acechar a sus víctimas en parques, en colegios, en baños
públicos. Habitualmente «los seriales» (como los llamaban) solían acelerar el ritmo de sus cacerías y exigir compensaciones
desmesuradas o ridículas para dejar de cometer sus crímenes, y
habitualmente caían porque siempre volvían al lugar del crimen, es decir, lo repetían tan fielmente que era posible adivinar el lugar donde iban a realizar su siguiente acción.

No creía que fuera una agrupación o una célula porque,
según él, todo grupo se desintegra tarde o temprano y genera
sus delatores, además las sectas clandestinas estaban infiltra-
das por la policía. El mismo Menéndez había actuado como
un tapado en un grupo narco mexicano de Tijuana cuando era
un estudiante avanzado de Ciencias Políticas en el Instituto
Hoover de guerras y revoluciones en Stanford, California. Era
chicano y vivía en dos mundos, mexicano como su padre y
norteamericano como su madre, y conocía el modo de cruzar
de una realidad a otra.

Bajé con Parker a tomar una copa en un bar frente a Washington Square, el lugar era un anexo a su oficina y solía recibir
ahí a sus clientes. Todos lo saludaron al verlo entrar y él se
puso a discutir con el barman sobre el resultado de los playoffs
de básquetbol. Eran hinchas de los Knicks pero no hacían caso
a sus preferencias a la hora de jugar. Ese año la serie la estaban
ganando los Bulls de Michael Jordan, así que apostar por ellos
era como saber el número de la lotería antes de que se sor-
teara. Sin embargo Parker se anotó con quinientos dólares en

contra de Chicago (pagaba 30 a 1) y a favor de los Philadelphia 76ers.

Nos sentamos a una mesa cerca de la ventana que daba a Washington Square. Una mujer con un megáfono en la plazoleta central le hablaba a un pequeño grupo de vagabundos sobre la necesidad de dejar las drogas y el alcohol y a la vez promocionaba un tónico contra la adicción llamado Soul Coke.

El deporte es la industria principal de este país, dijo Parker, Jordan, que había regresado a la NBA después de un retiro de varios meses, era más poderoso que la General Motors. Pero para Parker los verdaderos ídolos deportivos eran los corredores de auto. Ganan mucha plata porque viven en riesgo perpetuo y el público va a Indianápolis o a Daytona a ver los accidentes. Hizo una pausa pensativa, como si imaginara que ésa tendría que haber sido su vida. Cuando te metes en una de esas máquinas, no sabés si en dos horas salís vivo o hecho pomada.

Trajeron un jugo de naranja para Parker y un whisky para mí; nos sirvieron también maníes y papas fritas. Entonces, como si estuviera dándole datos a un marido que hace seguir a su esposa infiel, Parker empezó a pasar en limpio la información de los archivos del FBI sobre Ida. No tenía costumbres estables y si alguien hubiera querido matarla habría estado en problemas por esa irregularidad. A menudo caminaba desde su casa por la Prospect Avenue hasta el campus. A veces hacía el camino en auto y a veces esperaba el *shuttle* de la universidad en la esquina de Nassau y Harrison Avenue. Siempre llevaba la bolsa de basura hasta el volquete en el estacionamiento de su casa en el barrio de profesores; a veces subía al auto y llevaba la basura, la dejaba en los tachos que hay al costado del estadio de fútbol. Desde luego ellos sabían que la basura es un punto de partida en la investigación, siempre hay rastros: agendas, recetas de medicamentos, notas manuscritas. Si me interesaba, tenía una lista de las drogas que tomaba, legales e ilegales. Una lista de sus llamadas telefónicas. Una selección de sus e-mails más personales, de los sitios que visitaba con más frecuencia. Cuando iba a pie caminaba por la avenida hasta la entrada del campus en Washington Road y luego iba a la biblioteca (siempre, todas las mañanas) y dedicaba varias horas a investigar o a trabajar en sus clases. Por la tarde estaba en su oficina. Había usado sus fondos de pensión para comprar un departamento en el Village. Asistió a un congreso en China y se reunió en privado con profesores y estudiantes de filosofía de la Universidad de Pekín. El FBI tenía un resumen de la conversación. Tenía costumbres sexuales poco recomendables, frecuentaba los *dark rooms,* los clubes de *swingers* y los locales de S/M. De modo que tenían el plan de la vida de Ida completo, como si fuera una radiografía. ¿De todos los ciudadanos tenían esos datos? No eran datos, sólo los huesos se ven en rayos X. No pudo viajar a Cuba porque el Departamento de Estado le negó el permiso. A veces comía en el bar de la universidad, un sándwich de pollo. Tenían la lista de las películas que había alquilado en los últimos dos años en el videoclub, la lista de libros que había pedido en la biblioteca, la lista de sus compras en el supermercado, los resúmenes del banco. Habían registrado sus llamados telefónicos al exterior y los faxes que había enviado. Había participado en manifestaciones por la paz, por el derecho al aborto, por la igualdad racial, por el acceso de los latinos a documentación legal, por el levantamiento del bloqueo a Cuba. Había formado parte de los grupos que se habían manifestado contra la guerra en Irak. En los últimos meses del año 1994 se había visto una vez por semana en el Hotel Hyatt de la Route One con Don D'Amato. Él mismo se lo había revelado a la policía.

Había terminado mi whisky y pedí otro. ¿Qué tipo de celos serían los celos retrospectivos ligados a una mujer que había muerto? Y D'Amato con su pata de palo, con sus gustos desaforados... Dejaría la pierna contra la pared y se tendería en la cama con el muñón al aire... ¿Por qué todos esos datos? Rutina, dijo Parker. Lo llaman el *profile* pero de ahí es difícil deducir los actos y las decisiones, son sólo el marco, el mapa de una vida. Ida había sido una clásica estudiante rebelde en sus años en Berkeley, coqueteaba con los Black Panthers, visitó en la cárcel a los Macheteros puertorriqueños, pero no había evidencia de actividades clandestinas. Eso para el FBI podía ser una prueba de que sí formaba parte de un grupo anarquista que realizaba acciones ilegales, dijo Parker. Claro, que no haya evidencias puede ser ya una evidencia, le dije. Los terroristas, dijo Parker, hacen una vida mucho más normal que todos los hombres normales que piensan en ellos como visibles monstruos sanguinarios. En resumen, agregó, Ida Brown puede ser culpable o puede ser una víctima y el FBI prefiere hacer de cuenta que no ha sucedido nada para sorprender al agresor o al cómplice. Quizá pertenece a la periferia de apoyo de la presunta organización terrorista y murió al manipular la bomba que pensaba enviar (incluso sin saber que era una bomba). También podía ser un accidente, había evidencias de que a veces llevaba en el auto un bidón de bencina porque temía quedarse sin gasolina en medio de la ruta y pudo haber explotado con una chispa del sistema eléctrico del auto. Raro, ¿no?, pero había restos de vidrio en el piso del auto y el FBI básicamente sostenía la hipótesis de un accidente. La investigación sobre Ida estaba en stand by y dependía de los datos que se pudieran encontrar a medida que se estrechaba el cerco sobre Recycler. Si es que se estrechaba. El FBI había gastado ya dos millones de dólares y había interrogado a más de cinco mil personas. Los cincuenta o sesenta sospechosos arrestados un poco a ciegas habían sido liberados después de «severos» interrogatorios. Las denuncias anónimas se revelaban en el momento de las verificaciones erróneas o calumniosas. Las llamadas telefónicas que se sucedían al día siguiente de cada atentado con la intención de reivindicarlo provenían de desequilibrados o de provocadores o de bromistas. Y los dos o tres jóvenes pálidos —excesivos espectadores de series de televisión sobre científicos misteriosamente desaparecidos *(The Big Secret)* o asesinos que aterrorizan a pequeños pueblos de campo *(Twin Peaks)*— que se habían constituido espontáneamente en detenidos no obtuvieron castigos por sus crímenes imaginarios salvo la sección psiquiátrica de la prisión federal.

La investigación estaba en un punto muerto. Aguardaban una movida de los terroristas. Les parecía imposible que un grupo —o un individuo aislado— se mantuviera todos esos años sin apoyo y sin contactos en la superficie. Quizá intentaron hacer eso con Ida. Quizá la captaron para que trabajara en tareas secundarias, incluso podía ser que ella no supiera las consecuencias de esa relación. Le pedían que llevara un paquete al correo y ella lo hacía. Menéndez mantenía la orden de controlar al máximo la información. El FBI quiere una publicidad controlada en este asunto: hay contrainformación y filtraciones deliberadas porque no quieren darle a los autores la notoriedad que están buscando. *(The FBI had maintained a low profile. It kept secret the fact that it was investigating a serial bomber, reasoning that the less the public knew, the easier its job.)*

Habitualmente este tipo de hechos se hacen no por su objetivo directo, sino por sus efectos en las noticias. El terrorismo era propaganda armada, un medio de difusión como cualquier otro, dijo con aire cansado dando por terminada la entrevista. Nos despedimos y le pagué —«contado efectivo»— dos mil dólares para que Parker continuara la investigación.

En Penn Station subí al tren que me llevaba de vuelta, con una sensación de vacío en el pecho, como si fuera el protagonista de una ficción sentimental. Me había comprado una petaca de whisky y la metí en una bolsa de papel madera y cada tanto tomaba un trago. El vagón estaba medio vacío, eran casi las cuatro de la tarde, y a esa hora sólo parecían viajar viejos moribundos y adolescentes que se escapaban de la escuela y viajaban hasta Trenton para matar el tiempo. Me acuerdo de que traté de anotar algunos datos de la conversación con Parker, pero mi estado de ánimo y el movimiento del vagón han hecho casi ilegibles las notas y ya no se puede descifrar lo que escribí esa tarde en medio de las sacudidas del tren y la lenta acumulación de alcohol que iban tergiversando mi letra y mis ideas. «La inteligencia no es un carácter sexual secundario, como dicen los gimnastas y los farsantes; muy al contrario, el sexo está supeditado a la pureza de la mente.» ¿Pureza de la mente? Ésas son las idioteces que escribo cuando estoy desesperado y esa frase es la única que pude reconstruir en dos páginas y media de mamarrachos escritos con letra epiléptica. A un costado, sin embargo, había una lista cuidadosamente encolumnada. «Comprar naranjas, agua mineral, lamparitas, ir a Gramercy Park. La pata de palo, el pelo teñido color rata, ¡usa tiradores!» Creo que me adormecí. Cuando me desperté, en el vagón sólo quedaban dos jovencitos con capuchas en la cabeza que viajaban escuchando sus walkmans y hablando por teléfono móvil, desolados y pedantes. ¿Y por qué, después de todo, ella se había interesado en D'Amato? ¿Sólo tenía aventuras con sus colegas? Los usaba como un corral de gallos. Ardía de cólera pensando en ella de pie en el dormitorio con las luces bajas, mirando el cuerpo desnudo de D'Amato, tirado en la cama con el muñón y las cicatrices. No me lo podía sacar de la cabeza. La veía en la cama, en una de sus poses más soeces, y a D'Amato jugando a ser un ex soldado enloquecido por la guerra, ¡un lisiado!, que irrumpe en la pieza de hotel. Me molestaba sobre todo el apóstrofe en su apellido, una tilde inútil que acentuaba su personalidad exagerada, como si se creyera D'Artagnan cuando físicamente era Portos. Grande, imperativo, entusiasta. Había recibido la medalla al valor en Corea. Había trabajado para la candidatura de Wallace, el candidato de la izquierda norteamericana en la década del cincuenta, y cuando se puso difícil con el macartismo se refugió en la academia. Empezó en el campus marxista de Minesotta y ahí escribió su extraordinario trabajo sobre Melville. Era hijo de italianos. «Había recibido la medalla al valor en Corea.» ¿Y con eso qué?

¿Cómo sería una célula terrorista en Estados Unidos? Quizá Ida se había dejado llevar por su anticapitalismo teórico y entró en contacto con un grupo anarquista. Conocía muchos casos parecidos en la Argentina. Un contacto, reuniones, triviales tareas de apoyo. La periferia de la organización, los que militaban en la superficie. Prestar casa, firmar garantías de alquiler o dar la dirección para recibir correspondencia. Pequeñas acciones, retirar armas de una casa sitiada por la policía, Julia, mi primera mujer, había hecho eso cuando la policía asesinó a Emilio Jáuregui en una manifestación en Buenos Aires. Entrar en la casa como si fuera amiga de la familia y salir con una granada en la carterita de cuero. Le pidieron que llevara un paquete al correo, tal vez. O quizá iba alguien con ella en el coche.

Una noche en La Plata en 1963 o 1964, cuando estudiaba en la universidad, volví a la pensión donde vivía, y en mi cuarto, sentado en la oscuridad, me encontré inesperadamente con

Nacho Uribe. Un compañero de la facultad. Estudiaba filosofía. Estábamos en el centro de estudiantes, habíamos activado el ARI (Agrupación Reformista Independiente), donde estábamos todos los que no éramos del Partido Comunista (por eso nos llamábamos independientes) y éramos reformistas por la Reforma Universitaria. Me sorprendí, Nacho me estaba esperando, pasaba por ahí, me dijo, y tuvo ganas de verme. ¿En la oscuridad? Era raro, no teníamos tanta confianza, habíamos estado juntos en alguna asamblea, habíamos preparado juntos filosofía antigua, habíamos intercambiado apuntes, nos habíamos conocido en el curso de Agoglia sobre la *Fenomenología del espíritu* de Hegel. Tomábamos a veces un café, nos saludábamos en la fila del comedor universitario. Y nada más, pero ahora estaba ahí.

Era invierno, tenía la cabeza hundida en las solapas del gabán. Había entrado porque la policía lo estaba buscando, habían hecho un acto en Berisso, a la salida del frigorífico, y la policía los había rodeado. Había zafado y se había encontrado cerca de casa. ¿Podía quedarse esa noche? No quería volver a su casa ni hacerse ver y pensó que a nadie se le iba a ocurrir buscarlo aquí. Había entrado sin que nadie lo viera, la puerta de abajo estaba siempre abierta, mi pieza estaba en lo alto de una escalera. Se había sentado a oscuras, vestido con jeans y remera, como si fuera otro, distinto al joven atildado que iba a las clases de traje y corbata. Nos quedamos toda la noche tomando mate y charlando. Había matado a un policía. ¿Por qué me lo dijo? Puso una pistola Ballester Molina sobre la mesa, envuelta en franela amarilla. Había visto en la estación de trenes policías de civil, tipos de los servicios secretos. Había andado rondando la cancha de Gimnasia para mezclarse con la gente, ese viernes Gimnasia jugaba con River y pensó entreverarse con los hinchas pero también en la cancha había mucha vigilancia. Necesitaba que yo llamara a un número de teléfono y dijera que Santiaguito estaba bien y había salido del hospital. Mejor desde un teléfono público. Bajé y fui hasta la estación de servicio de la calle 2 y llamé al número que me había dicho, pero no me atendió nadie. Compré un poco de fiambre y de pan y volví a la pensión. Le temblaban las manos cuando prendía los cigarrillos. Era un negrito del Chaco, el policía, de Corrientes, vaya a saber. Un raso, había quedado aislado de la formación y Nacho se lo topó en una cortada. Estaba desarmado, era de la policía antimotines, levantaba el escudo de lata. Pero yo qué podía hacer, me decía Nacho, era él o yo. Al final a la mañana se fue, pensaba caminar hasta Los Hornos y salir por ahí. Y me pidió que le guardara «eso», el revólver envuelto en la franela amarilla. Imaginaba que con la luz del día ya no podía pasarle nada. Al tiempo, una muchacha evidentemente disfrazada, con una peluca rubia y anteojos oscuros, dijo que venía a buscar el libro de Nacho y se llevó el arma. Eso era estar en la periferia. Ser parte del apoyo logístico. Habían creado el FAL, uno de los primeros grupos armados, un tiempo después coparon el destacamento de Campo de Mayo. No volví a verlo pero supe que los militares lo habían secuestrado y asesinado quince años después.

CAPÍTULO SIETE

Había sido legendario el enfrentamiento de Ida con Paul de Man cuando ella era estudiante graduada en Berkeley. Había intervenido en una conferencia del maestro con la precisión de un *serial killer* para mostrarle que su lectura de Conrad era esquemática y las citas estaban mal elegidas. El salón del Wheeler Hall estaba colmado cuando la altiva joven se levantó y le habló al gurú europeo con alegría sobradora y lúcido desdén. Hubo un silencio eufórico. No hay nada más violento y brutal que el choque entre las figuras que nacen y los profesores establecidos: son enfrentamientos sin reglas fijas pero siempre son a muerte. De Man no se repuso más y fue la debilidad de su posición la que hizo posible que tiempo después un oscuro historiador de la Segunda Guerra desenterrara los artículos de un periódico belga de los años cuarenta que demostraban que había sido antisemita.

—Doctor De Man —le había dicho ella, y su dicción hacía sonar Doktor Del Mal—, su hipótesis sobre la ironía en la novela es despolitizadora y extemporánea.

Todo con una sonrisa y, según algunos, con un sari hindú que hacía ver que estaba desnuda. La oscuridad del pubis, suave y aterciopelada e increíblemente densa, provocaba una inmediata asociación con el título de la novela de Conrad que había suscitado la discusión.

Lo había humillado y el grupo de esnobs y jóvenes *scholars* adoradoras de De Man y Derrida la detestaban más que a la peste y jamás se lo perdonaron. De hecho, su primer trabajo después del doctorado fue en el gueto radical de la Universidad de California en San Diego donde estaba Marcuse y enseñaban Joe Sommers y Fredric Jameson.

Quizá Ida había muerto al manipular una bomba. Posiblemente al trasladarla. Según Parker, habían rastreado los viajes de Ida en los últimos tres años. Había estado en Iowa, en Colorado. Había estado en Idaho, había estado en Chicago. Menéndez trabajaba con la certidumbre de que era un solo terrorista el que había realizado la serie delirante de atentados, pero no descartaba que alguien lo ayudara. ¿Habían descartado que sea una mujer? Parker me miró y tomó un sorbo de su jugo de naranja. El detective abstemio. No hay ningún caso en la historia criminal de una mujer que haya sido *serial killer*, me dijo. ¿O era yo el que la pensaba con los esquemas de mi propio país y los recuerdos de la lucha armada? Muchachas que entraban y salían de la clandestinidad, que viajaban secretamente por la ciudad con armas y luego volvían a su casa y seguían con la rutina cotidiana. En definitiva, era una desconocida, pero ¿por qué la sentía tan próxima? La había inventado, quizá, como he hecho tantas veces, para luego decepcionarme. Ésas eran las preguntas que me daban vuelta mientras caminaba sin rumbo por las calles del pueblo. Había llegado a una zona arbolada, en el linde del bosque, y en una plazoleta vi a una mujer que hablaba con un gato que la observaba desde lo alto de un árbol y se lamía las patas, indiferente. La mujer trataba de hacerlo bajar. «No quiero que viva una asquerosa vida callejera», dijo. Era una señora mayor, con el leve aspecto demencial que tienen siempre las mujeres que se dedican a cuidar gatos perdidos. Me contó que la gata había tenido las crías en el hueco de esa horqueta que se veía en lo alto del tronco y que se había llevado a los otros cachorros, pero que a él en cambio, sin que se sepa el motivo, la madre lo había abandonado.

Cuando pasé de vuelta la mujer ya no estaba y el gato seguía ahí. Gris, manchado, ojos amarillos. En el supermercado orgánico conseguí un poco de carne picada y de leche. El gato bajó al ver la comida y me lo traje a casa. Inmediatamente se instaló al sol en el patio y se dedicó a observar a los pájaros que sobrevolaban la enredadera. Miraba el aire con fijeza, abstraído, como si captara lo que nadie puede ver. *(Investigaciones de un gato.)* Se adaptó rápido, tenía su territorio en la sala encristalada del fondo, andaba por las habitaciones, subía al tejado, cuando yo estaba leyendo venía conmigo y ronroneaba. Le gustaba mirar televisión, y seguía observando el aparato aunque estuviera apagado, como si esperara ver de nuevo aparecer las imágenes lejanas. Dormía en una caja de zapatos, no le gustaba la luz eléctrica. El veterinario me dijo que estaba sano, que iba a tener gato para rato. Era cariñoso, me seguía a todas partes, miraba el techo con una emoción particular.

Si iba a Nueva York le encargaba a Nina que lo cuidara. Me había encariñado con él. Parecía reconocerme al verme entrar. Inmediatamente se instalaba en el sillón, como esperando que yo me sentara a leer. Una amiga inglesa me había dicho que un gato ayuda a concentrarse, se sube a la mesa donde uno trabaja y se tiende tranquilo y se estira y cierra los ojos. Sin darse cuenta uno también adquiere la cualidad serena del animal. No era mi caso, más bien le transmitía al gato mis estados de ánimo y lo veía a veces salir corriendo como si hubiera visto a un fantasma y al rato lo encontraba acurrucado bajo el aparador de la cocina.

Cuando evoco aquellos días los veo nítidamente divididos en una amplia zona de luz y una estrecha franja oscurecida: la luz pertenece a la calma de la biblioteca donde pasaba días enteros entre libros, olvidado de todo, pero la sombra de Ida, la obsesión por ella y por su pasado aleteaba en el aire, como la huella de la Rusia extraviada de Nina con sus momentos heroicos y sus penas.

Al caer la noche, salía a dar vueltas con el auto. Tomaba Prospect hasta Washington Avenue y luego encaraba la ruta y pasaba frente al Hyatt pero no me detenía y seguía hasta Trenton, hacia los suburbios desolados de la ciudad, con sus *homeless* deambulando por las calles, entre fogatas y edificios vacíos. Los barrios bajos estaban cerca del centro administrativo de la ciudad y eran como su pesadilla, la zona donde la realidad se hacía ver tal cual era. Barrios pobres, edificios medio abandonados, fábricas cerradas, avenidas acechadas por los patrulleros de la policía que se movían lentos por las calles llenas de basura con hombres viejos y mujeres muy jóvenes, sentados en los escalones de entrada de las casas.

A veces estacionaba en un callejón, buscaba un bar iluminado y me sentaba a la barra. Al fondo, dos o tres jóvenes vestidos de negro y con cresta amarilla en el pelo jugaban al pool. Una cumbia sonaba en la máquina tragamonedas. Todos hablaban en castellano ahí, con cadencias mexicanas y puertorriqueñas. Una muchacha de blusa roja salió a bailar con un joven alto, con el cuello y parte de la cara tatuados. Cuanto peor estaba yo, más aislado me sentía, como si hubiera logrado distanciarme de todo lo que no fueran los recuerdos de ella que se me cruzaban por la cabeza. ¿Habría estado implicada? La tensión de una vida segmentada, de actos que se repetían en series discontinuas. ¿Qué escondía? ¿Qué había atrás? Menéndez estaba al tanto de su vida clandestina, sus disfraces y sus encuentros nocturnos, pero ¿sabía algo más? Cómo explicar, si no, que hubiera venido personalmente a interrogarme. Se había parado a un costado, en el pasillo, y miraba sus notas y hablaba con O'Connor. La profesora Brown ¿había hecho alguna referencia a los años en que ella era estudiante graduada en Berkeley? Me sorprendí. No me había hecho ninguna referencia. Tal vez había sido un *bluff*, un lance para hacerme caer y ver qué era lo que sabía. Parker pensaba que los años de Ida en Berkeley habían sido los típicos años de un estudiante radicalizado en esa época. Marchas pacifistas, discursos encendidos, largas horas de discusión en reuniones interminables. El FBI estaba siguiendo los contactos de Ida en aquel tiempo. Tenían una lista de gente a la que había frecuentado. Era una izquierdista como tantos, ligada a los grupos contraculturales pero también a los Black Panthers. Nada que no hubieran hecho muchos otros estudiantes en esa época.

Si reviso mis notas, las hojas del cuaderno un poco manchadas recuerdan los viejos papeles con apuntes en castellano sobre la vida en la Argentina que Hudson encuentra muchos años después en una caja en Londres y en la que comprueba que en esas hojas todavía perduran los vestigios de la gran tormenta de tierra de 1851. En el desierto, el polvo oscurece el cielo con un zumbido que no parece detenerse ante nada, los paisanos andan con la cabeza gacha, el sombrero atado con un pañuelo anudado en la barbilla, los caballos con los ojos vendados para que no se espanten. Escribía mis notas en todos lados, a veces detenía el auto para tomar apuntes a un costado de la ruta. Como si hubiera querido fijar una experiencia frágil que el olvido iba rápidamente a borrar: cuando viajamos somos como pasajeros en un tren nocturno que miran cruzar los pueblos iluminados en la llanura. Incluso en aquellos meses en los que el accidente me había implicado de un modo tan extraño, me sentía separado de los hechos por un vidrio transparente. Anotaba lo que podía, para garantizar que lo había vivido y poder recordarlo. Volvía del gimnasio manejando por los caminos laterales, alejado de la ruta, escuchando las noticias por la radio, siempre con la esperanza de que todo se aclarara.

El semestre estaba muy avanzado y los estudiantes ya exponían los temas de su trabajo final. Con una intuición que después aprendí a valorar y a considerar casi mágica, Raquel desarrolló una hipótesis sobre los vagabundos en Hudson. Había muchos, el más notorio, el Ermitaño, un jinete medio loco que andaba por el campo hablando solo y mendigando.

Hudson admiraba esa vida libre, que era una muestra de desprecio a la utilidad y al dinero. Los gauchos y los indios en los libros de Hudson pertenecen a esa categoría, pero los linyeras o los crotos —como se los llamaba en el campo— expresaban esos valores todavía con más nitidez. Algo de eso había en Tolstói, dijo Rachel, y en los *stárets* rusos que vagaban por la llanura como pordioseros. Siempre habían existido los mendigos, dijo después. Están en la Biblia. Los Salmos son en su mayoría cánticos de mendigos que hacían oír sus letanías. Y en la *Odisea* Ulises —disfrazado de vagabundo para no ser reconocido— es obligado a combatir con Iro, un mendigo que ronda las puertas del palacio, en Ítaca.

Los vagabundos y los mendigos han visto pasar, sentados en el borde del camino, siglos de historia frente a ellos: los imperios caen, se suceden las guerras, cambian las formas políticas y los sistemas económicos, pero siempre hay alguien que mendiga y vaga por las calles envuelto en trapos. Rachel, hija de un empresario de Cincinatti, que había ido a los mejores colegios, citaba a Simone Weil y valoraba un modo de vida ligado a la pobreza y a la solidaridad.

Al salir de la clase, bajé con los estudiantes y los despedí en la salida del campus. En un costado, como siempre a esa hora, estaba Orión descansando bajo los árboles en uno de los bancos que bordeaban la calle. Parecía la representación de lo que habíamos discutido en clase, pero ya nadie lo veía. Como le gustaba decir a Orión, ¿quién iba a querer mirar lo que yo soy? Un punto negro en la arena. Acercarse sí, decía, para saber de qué se trataba, pero al ver que el objeto vivía, aislado y andrajoso, le daban la espalda. Era el sobreviviente de un naufragio devuelto a la orilla por la tempestad. Hablaba todo el tiempo con metáforas, como si vivir en la calle afectara el lenguaje y lo llevara hacia la alegoría. Recostado en el banco con la cara en la mano y el cuerpo apoyado en un codo, escuchaba la radio. No daba crédito a sus oídos. ¿Había comprendido bien? *The New York Times* había recibido una carta del grupo anarquista que firmaba Freedom Club. El nombre correspondía a las iniciales FC que aparecían en las chapitas de metal que estaban en las bombas. ¿Quién no quiere hacer volar el mundo?, dijo Orión, mientras manipulaba la radio.

Efectivamente, era la primera vez que Recycler entraba en contacto. La carta había sido enviada desde la misma localidad en Illinois y a la misma hora y el mismo día en que había despachado las cartas bomba que habían matado a un técnico en computación en Silicon Valley y herido a la secretaria de un biólogo en el Instituto Tecnológico de Massachusetts. La carta además escondía una frase apenas legible que parecía un mensaje dejado involuntariamente al escribir con lápiz sobre el papel de la carta. Analizado bajo luz infrarroja se leía *Call Nathan R.-Wed 7 pm.* El FBI buscó a alguien con ese nombre y esa letra pero una vez más era una broma del chistoso Recycler (no existía nadie con ese nombre cuyo apellido comenzara con la letra R). Incluía un número de código para identificar sus futuros comunicados. El número correspondía al Social Security Number de un preso de la cárcel de encausados de Sonora, en California. Menéndez y cuatro de sus agentes llegaron a la cárcel e irrumpieron en una de las celdas. El detenido era un negro, acusado de asesinato, había sido guardabosques en Montana y había matado a varios turistas que acampaban en los montes y encendían fuego que ponía en riesgo la zona. Los mataba y los enterraba en las hondonadas de las colinas del norte. No sabía nada, no entendía de qué le estaba hablando. Lo llevaron a una sala especial para interrogarlo, encendieron focos, lo hicieron desnudar y entonces, estupefactos, los agentes descubrieron que, en el pecho, el hombre llevaba un tatuaje que decía *Pure Wood*. Quien fuera que había enviado la carta se reía de ellos.

A partir de ahí, según Parker, Menéndez se encerró en su búnker en Washington D. C. con un grupo especial del FBI, como si estuviera jugando una demoníaca partida de ajedrez con un genio y recurriera a los mejores analistas disponibles para estudiar la partida e intuir la siguiente jugada de Recycler. Con el zumbido del aire acondicionado, bajo la luz blanca de los tubos fluorescentes, bebiendo café y fumando, el grupo empezó a trabajar con mapas, diagramas y series numéricas. Ahora Menéndez lo conocía mejor: su rival era un bromista, un chico malcriado que se dedicaba a matar al azar, pero no hay azar; tenía que entrar en contacto con la mente del asesino, pensar como él, conocer las precauciones que el terrorista tomaba antes de actuar.

Todos los envíos incluían la palabra *wood* (bosque): en las direcciones (Wood Street), en los remitentes (Doctor Harold Wood), o en los destinatarios (John Wood). Pero la lectura de indicios sin un código definido podía llevar al delirio. Por ejemplo, en sajón antiguo *wood* significa «lunático» y también quería decir «intelecto superior». La palabra *wood* significaba, en Chaucer, «al palo», «en erección».

Menéndez estaba buscando un *pattern*, un orden, un indicio que le permitiera seguir una pista. Como si le leyera el pensamiento o tuviera alguien que lo informara, Recycler empezó a complicar sus alusiones, en lo que parecía un desafío. En una ocasión los expertos habían detectado una referencia al *Finnegans Wake* de Joyce. La bomba que mató a un investigador en trasplantes de órganos en New Jersey había sido enviada con el nombre H. C. Ear Wicker. En sajón antiguo *Wicker* significa *wood*. Pero H. C. Earwicker era el protagonista de la novela de Joyce, un personaje que a menudo tomaba la identidad de Norse god Woden, que remitía a los duendes del bosque en la mitología escandinava. Menéndez estaba furioso. Era imposible adivinar lo que quería decir esa estupidez erudita, salvo que interpretaran todos los signos como un mensaje. Entonces Flem Argand, el frágil y tímido agente experto en literatura, recordó que los físicos y los matemáticos eran grandes lectores de *Finnegans* y que *quark*, el nombre de la partícula invisible que está en el origen del cosmos, recibía su nombre en homenaje al *Finnegans* de Joyce porque de allí habían tomado el nombre los científicos. Los matemáticos son sofisticados y están aburridos porque habitualmente pierden su creatividad antes de los veinticinco años y quedan fuera de juego, superados por los jóvenes genios adolescentes que inventan fórmulas y resuelven enigmas, mientras los veteranos siguen ahí como dinosaurios o excombatientes y a veces vuelven para dar un curso pero la mayor parte del tiempo la dedican a leer a Joyce.

Menéndez estaba desorientado. Tenía un mapa de los Estados Unidos que mostraba con luces rojas los lugares donde se habían realizado atentados: Iowa, Colorado, California, New Jersey, Texas, Carolina del Norte. Imposible que un hombre solo cubriera esas áreas. Difícil, sí, les había contestado Menéndez, según Parker, pero no imposible. Estaba convencido de que luchaba contra una especie de profesor Moriarty, el gran rival de Sherlock Holmes que había acabado con su vida. Decidió cambiar el perfil del terrorista y pasó a describirlo como un hombre con inteligencia superior a la media y con estudios académicos. E incluyó también por primera vez una definición política al identificar al hombre perseguido como un ecologista y neoludista. Como los ludistas que destruían las máquinas durante la revolución industrial, Recycler —por sus objetivos y sus víctimas— parecía oponerse a los avances tecnológicos y, como los ecologistas radicales, hacía constantes referencias a los bosques y a su preservación. Menéndez ordenó infiltrarse en los grupos de activistas que boicoteaban los intentos de transformar los grandes parques en suburbios y los árboles en papel de diario.

Nina inmediatamente sostuvo la hipótesis del terrorista solitario. Había que imaginar a un hombre buscado por la más eficaz máquina de investigación del mundo, un lobo merodeador, aislado, sin contactos, sin relaciones. En Rusia, antes de los bolcheviques, los revolucionarios actuaban solos, no querían comprometer a nadie, muchas veces abandonaban a sus amigos y a sus hijos. Por ejemplo, Vera Zasulich, que había disparado contra el zar y había puesto una bomba en la oficina de la Ojrana (la policía secreta), se movía sola por la ciudad y era valiente y decidida. Marx, en 1881, le había escrito a esa mujer extraordinaria que el terrorismo era un método específicamente ruso e históricamente inevitable a propósito del cual no había razón alguna para moralizar, ni a favor ni en contra. El populista ruso Serguéi Necháiev había publicado el *Catecismo del revolucionario* cuyo célebre primer párrafo decía: «El revolucionario es un hombre perdido. No tiene intereses personales, ni causas propias, ni sentimientos, ni hábitos, ni propiedades; no tiene ni siquiera un nombre. Todo en él está absorbido por un único y exclusivo interés, por un solo pensamiento, por una sola pasión: la revolución».

La creencia corrosiva de que la historia se rige según sus propias leyes había legalizado los crímenes políticos. Cuando Nina se fue de París, la discusión entre Sartre y Camus se había centrado en esa cuestión. Camus se negaba a aceptar el sofisma de que la historia —esa abstracción— justificaba cualquier acción. Sartre en cambio sostenía que la violencia capitalista se justificaba por sí misma mientras que cualquiera que la enfrentara tenía que encontrar razones para defenderse.

—El negador, el destructor, se propone reducir a cenizas el mundo para que surja de sus cenizas un fénix noble y puro. Pero ¿dónde demonios está el fénix? —dijo Nina.

—No hace falta un ave fénix: el terrorista no mata por interés personal, ni por venganza, mata por una razón, a la manera de un filósofo platónico.

—Estás cada vez más pálido, querido, y más confuso. Mejor vas a dormir —dijo Nina.

Parecía preocupada por mí, me tomó del brazo y me acompañó. Nos despedimos en el jardín de su casa bajo la brisa de la primavera que se anunciaba. Salí por los fondos y fui hasta la licorería del paquistaní en Nassau Street y compré un par de botellas de Verdejo y volví dando un rodeo por Prospect Avenue. Nina pensaba que la posición de Tolstói sobre la no violencia y la no resistencia al mal era una respuesta directa a la forma en que el terrorismo había empezado a imponer sus métodos en la lucha contra el zarismo.

Anduve dando vueltas a esas ideas pero cuando entré en casa me extrañó que el gato no apareciera al verme llegar. Así que empecé a llamar: Michi, michi, michi. Habitualmente se acercaba, se refregaba contra mi pierna con la cola hermosamente levantada, y yo le acariciaba la cabeza para oírlo ronronear. Pero el gato no estaba. Salí a buscarlo como un estúpido por el parque, llamándolo de todos los modos posibles, hasta que al final lo encontré en el árbol de la calle Prospect de donde lo había rescatado. Me miraba con cierta sorna. Prefiere ser un gato callejero y no andar todo el día entre libros. Me indigné y lo agarré del cuerpo para bajarlo, me rasguñó y trató de morderme, entonces lo levanté y lo metí en el gran tacho de basura del parque. Y cerré la tapa. Lo iban a tirar con la pala mecánica en el camión que prensaba la basura. Lo vi convertido en un gato aplastado, chato como un papel, salvo que fuera capaz de escapar, y entonces merecería vivir. Me divertía pensar que el gato sabía lo que estaba pasando. Mientras me alejaba lo escuchaba maullar y golpear las paredes de lata. A mitad de camino volví y lo rescaté y lo dejé en medio de la calle. Cuando se vio libre salió disparado como un relámpago. Me sentía confuso, lastimado, el gato me había hecho sangrar, tenía los brazos arañados, me senté en la calle con los puños cerrados sobre los ojos y entonces me di cuenta de que otra vez estaba llorando.

Pasé la noche internado en el Medical Center de la universidad. Un médico joven que hablaba demasiado sin decir nada me vendó la mano izquierda, me observó con una linterna el iris de los dos ojos y luego el hueco de la oreja derecha. Soy zurdo y él estaba seguro de que cierto modo mío medio ladeado al caminar era efecto de un déficit neurológico. Iba a hacerme unos estudios, quería ver mis reacciones. Me conectó unos cables en la frente y distribuyó los electrodos en otras partes de la cabeza. Me hizo hablar y la aguja empezó a trazar líneas en un papel cuadriculado. Me hacía preguntas y me daba órdenes. Dónde está la derecha, cierre los ojos, tóquese por favor la punta de la nariz con la mano izquierda. Ahora, sin abrir los ojos, párese derecho. Imagino que esperaba que yo me desplomara o me quedara paralizado. Estuve a punto de satisfacerlo, pero creo que en algún momento del examen me dormí.

A la mañana siguiente, mientras esperaba el diagnóstico,

sentado en la sala de guardia, vi entrar a un hombre que apenas podía moverse. Era un ex alcohólico que había tenido una recaída; había pasado dos días deambulando por los bares de Trenton. Antes de derivarlo a la clínica de rehabilitación tenían que desintoxicarlo. Al rato llegó su hijo, fue al mostrador a completar unos formularios. El hombre al principio no lo reconoció pero por fin se levantó, le apoyó la mano en el hombro y le habló en voz baja desde muy cerca. El muchacho lo escuchaba como si estuviera ofendido. En la dispersión de los lenguajes típica de estos lugares, un enfermero puertorriqueño le explicó a un camillero negro que el hombre había perdido sus anteojos y no veía. «*The old man has lost his espejuelos*», dijo, «*and he can't see anything.*» La extraviada palabra española brilló como una luz en la noche.

Por fin me hicieron pasar, el médico me explicó que mis pérdidas de orientación y mis noches blancas estaban ligadas al exceso de trabajo. Tenía que bajar el ritmo y descansar, me recetó unos calmantes y me aconsejó que volviera a mi país. Por supuesto no le dije nada sobre la muerte de Ida porque no venía al caso. En ese hospital había muerto Hermann Broch y cuando le pregunté en qué sala había estado internado, me miró como si yo estuviera delirando.

Cuando salí del hospital, caminé hacia la calle donde estaba el auto estacionado y ahí, en un costado, me encontré con el ex alcohólico parado junto a un farol. Se había puesto una gorra de cuero, tipo Lenin, y cuando me vio se arrimó y me pidió si por favor lo acercaba a la estación de trenes. Nos fuimos juntos y terminamos en Tavern, un bar en Alexander Road. Iba a tomar una copa para entonarse porque después ya no volvería a tomar una gota en su vida. Pensaba ir a la casa de su hermana en Boston para internarse luego en una clínica. Había enseñado economía en la universidad y ahora era gerente de una oficina de asesoramiento en Wall Street. La bolsa se había convertido en un gran negocio en esos días porque ahora las personas podían especular, comprar y vender acciones, por internet desde su casa. Muchos estaban dejando sus trabajos para dedicarse a la especulación financiera y él los asesoraba a cambio de una comisión. Tomaba riesgos con ellos pero no con su propio dinero. Estaba ganando desde hacía tiempo cerca de un millón al año, pero era un trabajo de tiempo completo y de nervios de acero, cuando las bolsas de Tokio y de Seúl empezaban a funcionar cerraba la de Nueva York, mientras ya estaban a pleno las noticias de Frankfurt y de París. Estaba harto de esa vida, se levantaba a las seis de la mañana, tomaba el Amtrak en Junction, iba conectado a su computadora portátil, tomando pedidos y haciendo negocios. En Penn Station lo esperaba una limo que lo llevaba a su oficina en Wall Street y ahí se quedaba hasta las 5.00 pm, cuando emprendía el regreso. Llegaba a su casa de vuelta a las 7.00 pm, miraba un rato las noticias en la televisión y se iba a dormir. A veces se despertaba a las dos horas y volvía a la computadora. Mucha plata, mucho suspenso y había empezado a beber. A veces perdía la cabeza, a veces perdía los estribos y a menudo olvidaba lo que había pasado cuando estaba borracho. Una tarde llegó a su casa a la hora de siempre y se encontró con una reunión sorpresa preparada para rescatarlo. Sus amigos de años anteriores y sus familiares estaban preocupados y querían decirle que el alcohol les había hecho perder a un amigo querido y a un hombre íntegro. Cada uno de ellos leyó en voz alta la carta que le había escrito y todos hablaban de la amistad y de la vida y recordaban anécdotas del pasado. Era todo tan sentimental, tan lleno de buenas intenciones y de falsas esperanzas que parecía una farsa. Su mujer ya tenía lista la valija porque esa noche misma lo iban a internar. Pero se había escapado de la clínica y ahora no sabía muy bien adónde ir. Le habían bloqueado la cuenta del banco. Fuimos al cajero automático al fondo del andén y le di doscientos dólares. Se sorprendió y se alejó tranquilo por el puente hacia el otro lado para tomar un tren en dirección a Filadelfia. Me lo imaginé en un cibercafé lidiando con los brookers japoneses, usando los doscientos dólares para ganar algo de plata en la bolsa de Tokio y alquilar un auto y escapar hacia el sur.

La decisión de Menéndez de reprimir a las agrupaciones ecologistas y detener a sus líderes levantó olas de protesta en los círculos intelectuales de Nueva York y Los Ángeles. Se denunciaron atropellos y vejámenes. A fines de mayo, el Freedom Club envió una segunda carta al *New York Times.* Un sobre blanco, con un nombre (Francis Ben Imnifred) cuyas iniciales formaban la sigla FBI, y una dirección, 549 Wood Street, Woodlake, CA 93286. Adentro una breve nota manuscrita pedía primero que cesara la represión contra los grupos alternativos, y segundo anunciaba que iba a enviar un escrito sobre «La sociedad industrial y su futuro»; si el texto era publicado en los periódicos cesarían los atentados.

Luego de algunas deliberaciones y discusiones la Agencia Federal permitió la publicación del *Manifiesto.* Según Parker, Menéndez distribuyó el informe entre los asesores de su unidad, con la intención de ver si era posible detectar algún rasgo en su estilo que permitiera identificarlo. El *Manifiesto* se publicó la semana siguiente en *The New York Times* y en *The Washington Post.*

CAPÍTULO OCHO

1

A diferencia de los panfletos políticos habituales, el *Manifiesto sobre el capitalismo tecnológico* era un ensayo sistemático, con una estructura de párrafos numerados en secuencias temáticas a la manera de la filosofía analítica. No había retórica ni demandas beligerantes, el autor escribía más como un académico que como un político. «Más como un profesor que como un profeta», dijo Nina, parafraseando a su admirado Bertrand Russell. («Aristóteles», había dicho Russell, «fue el primero que habló como un profesor y no como un profeta.»)

Había una clara concepción sobre cómo hacer circular un mensaje en los tiempos actuales (tan abigarrados de palabras y de ruidos). El salto al mal, la decisión de matar estaba ligada a la voluntad de hacerse oír. Transcribo el párrafo 96 («Libertad de prensa») del *Manifiesto*. «Cualquier persona con algo de dinero puede publicar un escrito o distribuirlo por internet, pero aquello que ha dicho se confundirá con la enorme cantidad de material producido por los *mass media* y no tendrá ningún efecto práctico. Llamar la atención de la sociedad con la palabra es entonces casi imposible para la mayor parte de los individuos y de los grupos. Por ejemplo, nosotros

(FC), si no hubiéramos cometido algunos actos de violencia y hubiéramos enviado el presente escrito a un editor, probablemente no habríamos conseguido que lo publicaran. Si lo hubiese aceptado y publicado, probablemente no habría tenido muchos lectores porque es más interesante la diversión propuesta por los *media* que leer un ensayo serio. Pero si este escrito hubiese tenido muchos lectores, la mayor parte de ellos lo habría rápidamente olvidado vista la masa de material con que los medios inundan nuestra mente. Para difundir nuestro mensaje con alguna probabilidad de tener un efecto duradero tuvimos que matar a algunas personas.»

La primera vez que oigo algo así, dijo Nina. Matar a «algunas personas» para conseguir lectores. Es un párrafo aterrador. El terrorista como escritor moderno, la acción directa como pacto con el Diablo. Hago el mal en estado puro para mejorar mi pensamiento y expresar ideas que ponen en cuestión a la sociedad entera. La garantía de verdad está dada porque su autor había sido capaz de filtrarse en las redes de control y represión del sistema, realizando decenas de atentados con bombas caseras sin ser localizado durante casi veinte años.

En el centro de la disertación estaba la crítica al capitalismo, considerado un sistema complejo, con gran capacidad de expansión y de renovación técnica. Sin entrar en la descripción sentimental de las desigualdades sociales, el *Manifiesto* definía el capitalismo como un organismo vivo que se reproducía sin cesar, un *mutante darwiniano,* «ya no un fantasma», alegaba con ironía, «más bien un alien» que en su transformación tecnológica anunciaba el advenimiento de formas culturales que ni siquiera respetaban las normas de la sociedad que las había producido.

La producción capitalista es ante todo expansión de nuevas relaciones sociales capitalistas. Por lo tanto, es imposible que este sistema mejore o se reforme ya que sólo busca reproducir la relación capitalista renovada y a escala ampliada. Los mercados financieros colapsan, las economías estallan como burbujas de aire y ése es el modo en que el capital crece. Analizaba el fracaso de la URSS y sus satélites y la dominación del capital en China y en los viejos territorios coloniales de Oriente como una nueva etapa del avance del capitalismo en busca de espacios vacíos. Esa expansión territorial (que los medios llaman *La caída del muro*) liberó nuevas energías y permitió una mutación científica y tecnológica sorprendente: inmensas regiones se abrieron, un ejército de consumidores y de mano de obra de reserva fue puesto a disposición del mercado.

El capitalismo, en su expansión tecnológica, no se detiene ante ningún límite: ni biológico, ni ético, ni económico, ni social. El desarrollo ha sido de tal magnitud que ha afectado radicalmente las certidumbres emocionales y hoy la sociedad enfrenta su última frontera: su borde —su *no man's land*—, lo que Recycler llamaba «la frontera psíquica».

El sistema capitalista había hecho suya la consigna del *hombre nuevo* de Ernesto Guevara y de Mao Tse-tung. Las investigaciones genéticas, los experimentos en biología molecular y ciencias cognitivas, la posibilidad de clonación y de inseminación artificial, avanzan en la línea de traspasar ese nuevo límite. Los científicos eran «los ingenieros del alma» de los que hablaba Stalin: el nuevo hombre, el ciudadano ideal, es el adicto sin convicciones ni principios que sólo aspira a obtener su dosis de la mercancía anhelada. La sociedad tecnológica satisface a los sujetos: los entretiene y los ahoga en un océano de información rápida y múltiple.

No había opciones para oponerle a la corporación capitalista. El *Manifiesto* no postulaba una alternativa pero llamaba la atención sobre un mundo sin salida. «El capital», concluía, «ha logrado —como Dios— imponer la creencia en su omnipotencia y su eternidad; somos capaces de aceptar el fin del mundo pero nadie parece capaz de concebir el fin del capitalismo. Hemos terminado por confundir el sistema capitalista con el sistema solar. Nosotros, como Prometeo, estamos dispuestos a aceptar el desafío y asaltar el sol.»

Con esa metáfora griega terminaba el *Manifiesto*, del que he dado apenas una breve síntesis. No era el primero que hablaba de esa manera. Nina, que había estudiado la influencia de Tolstói en Wittgenstein, recordó la postura del autor del *Tractatus*: «No es absurdo creer, por ejemplo, que la era de la ciencia y de la tecnología es el principio del fin de la humanidad», había escrito. «Mi manera de pensar no es deseable en esta época, tengo que esforzarme y nadar contra la corriente. Quizá dentro de cien años la gente aceptará estas ideas.» El «por ejemplo» me parece delicioso, dijo Nina.

Si bien criticaba la técnica, como tantos filósofos y pensadores (entre ellos Lewis Mumford, a quien citaba), su propuesta de una solución no recurría a la utopía de un mundo mejor, según el modelo socialista, sino a la tradición anarquista de la «vida buena». Como Tolstói, y como los *narodniki* rusos, según Nina, el *Manifiesto* proponía el regreso a la pequeña comuna rural precapitalista, con propiedad colectiva de la tierra, en la que cada uno vive del trabajo manual. La alternativa se apoyaba en las experiencias de las sociedades sin Estado —como las tribus nómadas del oeste norteamericano y del chaco paraguayo— y en las formaciones sociales primitivas y en los modos de producción anteriores a la revolución industrial. Algo de la experiencia de Thoreau, de la *beat generation* y de los hippies californianos había en él, pero llevado al límite y a la guerra. El suyo era un horizonte norteamericano pero sin esperanzas y sólo aspiraba a la realización individual: había que vivir la vida personal según el modelo de la sociedad a la que se aspiraba.

Con cierta resignación postulaba la defensa de la naturaleza y de las formas de vida natural, pero sin tomar demasiado en serio la práctica a lo Walt Disney de las sociedades ecologistas. Como bien decía Marx, es difícil salir del robinsonismo pero la ilusión del hombre solo que reconstruye una sociedad ideal en una isla desierta parecía la única salida posible después de la catástrofe del socialismo y de las luchas anticolonialistas. El *Manifiesto* practicaba la crítica de la crítica crítica y no parecía dispuesto a imaginar una alternativa social. En eso era tolstoiano. Pero la diferencia era el uso de la acción directa. Justificaba la voluntad de rebelarse en el espíritu del derecho a la desobediencia civil de Thoreau (a quien citaba). Pero el salto al mal, la decisión de matar (¿o el derecho a matar?), estaba ligado a la voluntad personal de hacerse oír. En el límite, el terror garantizaba el acceso a la palabra pública.

2

Como era de imaginar el *Manifiesto* produjo un gran impacto. Inmediatamente fue publicado por una editorial alternativa de California y en cuestión de horas se difundió ampliamente por internet. La discusión se generalizó y en todo el país hubo declaraciones y muestras de apoyo al contenido de una declaración que parecía expresar lo que muchos pensaban. En los estadios de básquetbol donde se estaban jugando los playoffs de la NBA, grupos de activistas distribuyeron copias del *Manifiesto* entre los fanáticos y entre los jugadores. Una foto de Larry Bird leyendo con irónica atención en el banco de suplentes de los Celtics el ensayo contra la tecnología capitalista circuló ampliamente.

Cuando llegaba al seminario los estudiantes estaban discutiendo los hechos; había posiciones distintas, pero en general estaban de acuerdo con los postulados del *Manifiesto* (salvo John III, que los consideraba irreales) y nadie defendía los métodos violentos y criticaban el terrorismo, salvo John III, que se mostró escéptico respecto de los juicios morales en el terreno político. Con aire cansado hacía preguntas capciosas. («¿Cuántos tildados de terroristas consiguieron luego el Premio Nobel de la Paz?», preguntó retóricamente, y enumeró él mismo los nombres luego de una pausa teatral: «Mandela, Begin, Arafat...») No matar, concluyó John III, es la consigna de los que tienen el poder, son las víctimas quienes deben obedecer ese mandato, los poderosos no creen en las generalizaciones. Mike le contestó que matar gente al azar por razones razonables no volvía razonables los crímenes. Bien, dijo John III, pero no parece que mate al azar. De todos modos, elegir a quién se mata no justifica el acto de matar aunque la serie de crímenes sea coherente, según Rachel. Debemos primero saber quién es el autor, dijo la coreana. Un mensaje no es el mismo si no sabemos quién lo ha enviado, sostuvo. ¿Quien había escrito el *Manifiesto* era el mismo que había puesto las bombas? Pero él mismo lo había confesado. ¿Lo confesaba? Más bien lo consideraba una condición de lo que había escrito. En el *Manifiesto* se invertía el razonamiento. Eran los científicos los que en nombre del progreso tecnológico legitimaban la violencia del sistema, los experimentos biológicos y bélicos. Eran esos «técnicos del saber práctico» los que violentaban la ética en nombre del progreso y de la ciencia.

Nina, que estaba trabajando en el tercer tomo de su biografía, trataba justamente de hacer ver cómo los bolcheviques habían borrado las posturas políticas pacifistas de Tolstói para reducirlo —«con perdón», dijo— a su imagen de gran novelista, padre del realismo. Sin embargo, Tolstói había intentado construir una alternativa frente a la violencia revolucionaria y frente a la devastación capitalista. No resistir el mal.

Las grandes ficciones sociales son las del Aventurero (que lo espera todo de la acción) y la del Dandi (que vive la vida como una forma de arte); en el siglo XXI el héroe será el Terrorista, dijo Nina. Es un dandi y un aventurero y en el fondo se considera un individuo excepcional.

Según ella, Tolstói había sido el primero que había tomado conciencia de esas ficciones triunfantes y trataba de contraponerles la imagen epifánica del *stárets*, el hombre santo, el vagabundo místico: la realización práctica de su prédica había sido el Mahatma Gandhi, discípulo directo de Tolstói. Pero la India tampoco terminó muy bien, le dije. Nada termina bien en las buenas novelas, Emilio, dijo Nina. Estábamos en el salón de su casa, entre sus libros y sus papeles. ¿Quieres un té? ¿Unas galletitas? Son rusas.

3

El FBI había distribuido el *Manifiesto* entre catedráticos de literatura con la intención de ver si era posible detectar algún rasgo en su estilo que permitiera identificarlo. Esperan que alguien reconozca en la escritura al responsable de los atentados, o al menos proporcione alguna pista para su identificación. Mary Goldman, la experta en psicocrítica discípula de Charles Mauron, trataba de descifrar la psicología del autor del escrito a partir de sus metáforas, formas adverbiales, repeticiones y familia de palabras. Otros buscaban rastros de jergas urbanas y de peculiaridades lingüísticas de zonas rurales de los Estados Unidos tratando de delimitar el campo de las requisas.

No se trata de descubrirlo, sino de imaginarlo, dijo Nina. ¿Se puede saber cómo es una persona a partir de lo que escribe? Cualquier profesional habituado a leer con precisión —un traductor, un corrector de estilo— reconocería rápidamente al autor como un hombre culto, habituado a las construcciones lógicas, con un lenguaje de gran amplitud léxica y de notable riqueza sintáctica. Su uso escrito del inglés era demasiado deliberado, sin rastros de oralidad, si bien aparecían a veces leves incorrecciones que podían hacer suponer una tendencia a la hipercorrección típica de los *middlebrow*; por lo demás, los inesperados desvíos gramaticales hacían sospechar que su lengua materna quizá no fuera el inglés o que en todo caso el autor había pasado su infancia en un medio donde sus padres no era hablantes nativos.

Discutí algunas de estas hipótesis con Nina pero después de leer el *Manifiesto* nos dimos cuenta —como sucede a menudo en la crítica literaria— de que lo que nosotros habíamos analizado minuciosamente podía ser comprendido inmediatamente por cualquier lector. El autor era un académico, quizá un matemático o un especialista en lógica muy inteligente, un hombre solitario, acostumbrado a hablar solo y a referirse a sí mismo en plural («Nosotros iremos ahora» o «Nosotros afirmamos que...», «Digamos»). Típica forma de autorrepresentacion de los individuos (en general varones) que han pasado muchos años en el ejército o en un grupo revolucionario o en una cerrada comunidad académica.

A fines de mayo terminaron las clases: los estudiantes del seminario entregaron sus monografías, todas brillantes y previsibles, salvo —por supuesto— la de Yho-Lyn, que fue sorprendente y opaca. No me gusta juzgar ni evaluar, pero coloqué tres A, una B+ y dos B, según el anacrónico y afectado uso del alfabeto griego (alfa, beta, etc.) en las notas al uso en las universidades norteamericanas. La mayoría había escrito sobre las «autobiografías al aire libre» de Hudson, sobre su manera de describir y de narrar «en movimiento» (de a caballo) y sobre su abigarrado zoológico personal, salvo Yho-Lyn, que había hecho un trabajo sorprendente sobre la correspondencia de Constance Garnett y Tolstói a propósito de la comuna rural y los *farmers* —los colonos— ingleses de Nueva Inglaterra, comparados con la experiencia en las idílicas estancias argentinas de *Allá lejos y hace tiempo*. Por su lado, John III se mostró sofisticado y muy *gender studies* analizando la conexión entre vida pampeana y homosexualidad en la obra de Hudson («Oh, esos gauchitos de la pradera»).

Ese lunes, cuando las clases terminaron, los invité a tomar una cerveza en el pub frente a la plaza del correo. John, Mike y Rachel habían presentado sus currículums vítae y sus postulaciones a los puestos vacantes que se ofrecían para el *Fall* y esperaban que la reunión de fin de año de la MLA los encontrara con la tesis terminada. Ya habían dejado —o estaban dejando— de ser estudiantes y veían el primer trabajo como una realidad a la vez deseada y destructiva. La enseñanza era una playa de estacionamiento de jóvenes y ellos ahora tenían que cambiar de lugar y aprender las duras reglas de tránsito. Cargos en lugares remotos, enseñar a estudiantes desganados, enfrentar las luchas entre colegas para encontrar un espacio y sobrevivir hasta el *tenure*. («El verdadero artista maldito de esta época es el *assistant professor* vigilado por sus colegas con poder de decisión», decía John III.)

Nos despedimos al caer la noche, convencidos de que quizá ya no volveríamos a vernos. Hoy, que conozco sus destinos, sé que muchos han triunfado y otros naufragaron, pero ninguno de ellos olvidó sus años como estudiante graduado en los que la vida parece transcurrir como un largo paréntesis antes de encarar el invierno crudo de la experiencia real.

También yo estaba en una encrucijada parecida. No quería volver a la Argentina y daba vueltas a la posibilidad de seguir enseñando aquí un tiempo más. En California se abría un puesto en el programa de Creative Writing de Berkeley. («Faulkner y Fitzgerald se ahogaron en alcohol, yo me ahogaré en la universidad», como decía mi amigo el poeta santafecino que enseñaba en Francia.) En esos días decidí retomar el contacto con mis amigos de Buenos Aires, especialmente con Junior, al que conocía desde la época en que trabajábamos juntos en el diario *El Mundo*; él seguía ahí, cada vez más cínico y más envenenado, se había exiliado en México en la época de los militares, pero había vuelto a Buenos Aires como si nunca se hubiera ido y me contaron que había entrado en el diario con su sonrisita sobradora y se había sentado a su escritorio como si sólo hubiera estado unos días de licencia. Lo había notado raro cuando hablé con él, más formal que de costumbre, qué hacés, Renzi, te llamé para darte las novedades de por aquí, pero nunca hay novedades, sólo calumnias, viejo, y ya sabés que el tiempo pasa volando en los países en vías de desarrollo, feliz vos que estás en el corazón del capitalismo. Hicimos un par de chistes y la conversación me dejó una sensación extraña.

También hablé en esos días con mi ex mujer, expresión que desde luego la enfurecía. Estaba bien, viviendo en el departamento de Congreso donde todavía estaban mis libros. Habíamos tenido algunos problemas, los de siempre, los que todos tenemos después de vivir tantos años juntos, pero ahora éramos los dos más comprensivos y quizá por eso le conté que estaba considerando una propuesta del Berkeley para pasar un tiempo en California. Hubo una pausa del otro lado. No querés venir y quedarte conmigo, le dije. Se escuchó una risa, la risa de ella cuando estaba furiosa. Pero, Emilio, ¿qué te pasa, estás en Babia o no sabés que estoy viviendo con Junior? Pero cómo puede ser, no sabía nada, con ese tarado, con ese débil mental. Yo fui el último en enterarme, claro.

Quiere decir que todo seguía igual en Buenos Aires, conocía bien esa calesita; la endogamia era la única autonomía de la que gozaba la literatura argentina. Clara había estado casada con Pepe Sanz, que había hecho conmigo toda la facultad en La Plata y con el que había sacado varias revistas en los años sesenta; cuando se separó de Clara, Pepe se casó con la ex mujer de Junior y ahora Junior estaba con ella. Sentía lo de Clara como una traición. ¿Junior se habría ido a vivir a mi casa? ¿Estaba durmiendo en mi cama? ¿Leyendo mi edición de *La muerte de Virgilio*?

Salí de la oficina y bajé a la calle. Orión seguía sentado en el banco bajo los árboles y me acerqué a él. Estaba haciendo círculos y cuadrados cada vez más chicos en un papel. Mientras él hacía sus dibujos, yo empecé a hablarle de mis asuntos. No me encantaba que Junior se hubiera metido con ella, pero lo que no me gustaba nada era que anduviera hurgando en mis libros y en mis papeles. Monsieur, dijo Orión, mejor no tener nada.

A mediados de junio, cuando terminó el año académico, el Departamento realizó la tradicional reunión previa a las vacaciones de verano. Nos reunimos en Palmer House, la amplia casona a la Henry James rodeada de jardines, con entrada sobre la esquina donde Ida había encontrado la muerte. Crucé por los senderos arbolados y rápidamente el muro de piedra ocultó el semáforo y la curva que llevaba de Nassau Street hacia Bayard Lane. Allí se encontró su auto abandonado; pensé que ella había mirado ese muro antes de morir; un ataque al corazón, había sido el diagnóstico; un intento de robo o algo que había visto en la calle había provocado la emoción violenta que causó el síncope. ¿Y la mano quemada? Quizá una chispa del sistema eléctrico o la combustión recalentada. No había señas de bombas, dijeron, aunque su correspondencia estaba en el piso del auto. No se podía saber si había otra carta que había sido destruida por la explosión. No quedaban rastros, ninguna chapa de metal con las señales FC. La versión de la policía era otro modo de trabajar con la reconstrucción imaginaria de una situación posible. Los testigos, las señales, las pistas permiten presuponer un accidente. En cuanto a la posibilidad de una bomba, no hay suficientes evidencias que permitan describir el caso como un atentado.

Al entrar en Palmer House se oía el rumor de las voces y de las risas que bajaban de la reunión. El salón del primer piso estaba muy iluminado y se abría a una terraza de vidrio sobre los árboles del parque. En una mesa central había fuentes de comida y al costado estaba el bar donde se servían las bebidas. Todos hablaban al mismo tiempo mientras sostenían los platos y las copas y trataban de comer como podían, de pie apoyados en las paredes o sentados en los bajos sillones de felpa roja que rodeaban el salón. Me serví una copa de vino blanco y un plato con salmón ahumado y arroz. Estaban mis colegas y también los estudiantes graduados. Vi a Rachel y Mike pero no a John III. Salí al balcón y D'Amato se acercó a conversar como si me hubiera estado esperando. Según él, quien había escrito el *Manifiesto* no era el que había puesto las bombas. Son dos personalidades incompatibles, dijo. Poner una bomba supone una mentalidad robótica que se identifica con los mecanismos de relojería. Lo conocía bien porque en Corea seleccionaban a los grupos encargados de armar y desarmar las minas y bombas cazabobos luego de varias pruebas psicológicas y test emocionales. Los que trabajaban con explosivos de tiempo fijo eran siempre tipos callados, medio esquizos, con mentalidad de jugadores compulsivos y dedos de pianista. Conocí a un sargento, contó, que armaba y desarmaba una granada expansiva con los ojos cerrados. Aceptaba apuestas en las noches de tregua entre combate y combate. Lo vendaban y se deslizaba fuera del puesto de guardia hasta el borde de la selva y ganaba las apuestas cuando sobrevivía. Si explotaba, se reía, no iba a lastimar a nadie. Solía volver como si no hubiera pasado nada, pero muy enardecido y con ganas de pelear y de repetir el juego. En cambio, para escribir un texto como ése hace falta una inteligencia pacífica y obsesiva, parecida a la nuestra. Yo, por andar pensando en los ritmos isabelinos de la prosa de Melville, dijo después, pisé la bomba que me arrancó la pierna. Eran dos modos de concentración psíquica, dos especies humanas. No se puede escribir y poner bombas, como no se puede ser un buen boxeador y un maestro de ajedrez. Miramos la noche en el jardín como dos viejos compañeros de juerga que han compartido una mujer. No creo que se descubra nada, dijo. Pobrecita. Vos la conociste como yo la conocí, era sincera e íntegra. Siempre mueren los mejores. ¿Entonces ella le había dicho que nos encontrábamos para ir a la cama? ¿Le hacía confidencias a ese patán con la pata de palo? Mis preguntas me distraían y demoré en escuchar las preguntas que estaba murmurando el canalla con su euforia habitual.

¿Cuáles eran mis planes? ¿Me iba a quedar con ellos («con nosotros») otro año? Tenía una propuesta en Berkeley, le dije, y posiblemente me fuera un tiempo a California. Bueno, tendrías que habernos consultado. En el Departamento habían pensado que quería quedarme mientras comenzaban los lentos preparativos del *search* por el puesto de Ida. Ida. Al nombrarla hubo entre nosotros como una corriente secreta de rivalidad y de confianza. Los dos sabíamos cómo era estar con ella en un impersonal cuarto de hotel. Corté rápidamente esa complicidad. No estaba seguro de lo que iba a hacer, le dije. Pero los mantendría al tanto de mis planes.

Me acerqué al rincón donde estaban Rachel y Mike conversando con dos jóvenes colegas de Film Studies. Estaban discutiendo sobre *Taxi Driver* de Scorsese. Aparecía ahí, según ellos, la figura del rebelde extremo, del nihilista enamorado de una prostituta capaz de actuar sin atender a los prejuicios sociales. La puta de Dostoievski se había convertido en la niña-mala de Jodie Foster. Me alejé mientras ellos pasaban a hablar de *El francotirador* y de la capacidad que tenía Robert De Niro para componer personajes psicópatas. ¿Y Nicholson? Me imagino a Recycler con la cara de Jack Nicholson, dijo Mike.

Di algunas vueltas por el salón conversando al azar con los conocidos y al rato D'Amato pidió silencio. Iba a decir unas palabras para despedir el año académico que terminaba. Habló de la triste pérdida que habíamos sufrido. El Departamento había creado el premio Ida Brown para el mejor proyecto de tesis de cada año. Hubo aplausos. Estamos viviendo tiempos difíciles en nuestro país, dijo. Sabemos lo que es el terrorismo y no deja de ser una paradoja que ahora que el correo electrónico está sepultando las viejas formas de correspondencia sean las cartas bomba las que asolan nuestras universidades. Las formas epistolares definen nuestra cultura, están en la Biblia y en la tradición filosófica y en la historia política y cultural. Las cartas persas, las cartas abiertas, las epístolas romanas, la carta al padre, las cartas anónimas, las cartas de amor. ¿Nuestras formas de expresión van a desaparecer arrasadas por la violencia? Hizo una pausa. Estos últimos y trágicos acontecimientos me han hecho pensar, dijo Don, en las cartas sin destino de los muertos que llevaron a Bartleby a la demencia y a la desesperación. Nosotros con nuestros saberes arcaicos somos también lectores de las letras y las cartas de los muertos. Después, como si fuera un réquiem (y todos pensamos en personas distintas para quienes podía estar dedicado), recordó el final del relato de Melville: Bartleby, dijo, había sido un empleado subalterno en la Oficina de Cartas de los muertos de Washington, y entonces para concluir leyó un párrafo del relato.

«¡Cartas muertas!, ¿no se parece a hombres muertos? Debía quemarlas porque ya nadie iba a recibirlas... A veces el pálido funcionario sacaba de los dobleces del papel un anillo —el dedo al que iba destinado tal vez ya se corrompía en la tumba—, un billete de banco remitido en urgente caridad a quien ya no come ni puede sentir hambre.» Y con voz emocionada el intenso D'Amato cerró su discurso con la letanía del narrador de Bartleby: «Perdón para quienes murieron desesperados; esperanza para los que murieron sin esperanzas; buenas noticias para quienes murieron sofocados por insoportables calamidades.» Estaba un poco loco D'Amato, en cualquier situación recitaba fragmentos de Melville (en eso era como cualquiera de los que estábamos reunidos ahí, un triste grupo de lectores que seguíamos pensando en el carácter encantatorio de los textos literarios).

Esa noche, cuando por fin me retiré del *party* y crucé el jardín de Palmer House hacia la calle, vi, en el lugar donde había ocurrido el accidente de Ida Brown, apoyado en la puerta de salida, a John III que se había detenido como si me estuviera esperando, muy elegante, casi disfrazado de ex alumno de la Ivy League, con traje de hilo blanco y corbata pajarita y la excesiva confianza en sí mismo que había mostrado durante todo el curso. Me saludó con un gesto amistoso para hacer ver que nuestra relación ya no era la de profesor-estudiante sino la de colegas, y antes de que yo pudiera decir nada me dio la noticia que todo el mundo estaba esperando.

—Lo detuvieron. Era un ex alumno de Harvard.

III

En nombre de Conrad

CAPÍTULO NUEVE

1

Se llamaba Thomas Munk, tenía cincuenta años y era un matemático formado en Harvard, hijo de una acomodada familia de inmigrantes polacos. No tenía antecedentes, no se le conocían conexiones políticas. Lo habían detenido en una remota región boscosa en las sierras de Montana. Vivía aislado, en una rudimentaria cabaña de seis metros cuadrados que él mismo se había construido, sin luz, sin agua corriente y sin teléfono, a treinta millas del pueblo más cercano, al borde de la Route 223.

Parker había pasado varios días dando vueltas sobre la historia y los escritos de Munk. Con la oficina inactiva por el ardiente verano de Nueva York, con la eficiente secretaria nueva que lo mantenía al tanto por internet y lo llamaba por el celular (el interfono, lo llamaba Parker), había aprovechado el tiempo libre para prepararme un informe sobre Munk y cerrar la investigación.

—Los detectives ya no resolvemos los casos, pero podemos contarlos —dijo después.

Los dos hijos del matrimonio Munk habían nacido en años corridos, en 1942 (Thomas) y 1943 (Peter), cuando sus padres se establecieron por fin en Chicago. La foto de los hermanos en el álbum de la High School mostraba a dos chicos con cara de pájaro, el pelo cortado a la americana y sonrisa cansada. Esforzados y voluntariosos, de corazón simple, sin rastros de su origen europeo, los dos hermanos se formaron en los años cincuenta cuando la cultura de este país era, según Parker, a la vez maravillosa y atroz. Son hijos de la Guerra Fría, de la expansión del automóvil, de la televisión y el rock and roll. Tom era el genio de la familia y su hermano iba a vivir a su sombra, a pesar de que era un escritor bastante conocido y había publicado varios relatos en las *little reviews* que circulaban en el Village al amparo del éxito de Kerouac y la *beat generation*.

Thomas Munk se decidió por Harvard quizá porque su padre pensaba que era la única universidad norteamericana conocida por sus amigos en Varsovia. En 1958 —a los dieciséis años— se trasladó a Cambridge, en Massachusetts, y comenzó su carrera académica. De hecho fue el estudiante *sophmore* que recibió la mayor beca en la historia de Harvard.

Era «mortalmente serio», un solitario y pedante joven tímido que nunca se adaptó a las rígidas reglas de la Ivy League. Mientras sus condiscípulos iban a clase muy elegantes con su traje Brooks Brothers y corbata con los colores de los exclusivos clubes *alpha beta phi* de la universidad, Tom Munk fue uno de los primeros estudiantes que asistió a los cursos *undergraduates* de Harvard con jeans, remera negra y zapatillas de básquet, como si fuera un hijo de la clase obrera norteamericana de Pennsylvania. En invierno le agregaba una chaqueta azul, de marinero, y una gorra de lana tejida que en ese entonces sólo usaban los negros de los barrios bajos de Boston.

Iba a las fiestas y a los bailes pero se sentaba solo en un costado a tomar cerveza y mirar a las mariposas de Barnard que revoloteaban con sus melenitas de oro y sus faldas cortas y se besaban en los rincones con los rudos chicos de clase alta de Princeton y de Yale. Hubo una camada entera de chicas norteamericanas de bellas piernas y pechos florecientes que perdieron rápida y deliberadamente la virginidad en el período que va del fin de la guerra de Corea al comienzo de la guerra de Vietnam. Parecían un pelotón de avanzada del nuevo ejército de liberación femenino y los muchachos llamaban a las chicas *las vietcong*, dijo Parker, que seguramente estaba pensando en su amada Betty la pelirroja que había sido, por supuesto ella también, una veterana guerrera de Vassar.

Amanda, una bella «pollita» de aquellos años, recordó ante la prensa que había viajado con Munk de vacaciones a Canadá en el verano de 1963. Lo que más le gustaba de mí, había declarado la chica, era cómo leía en voz alta novelas y cuentos «que decían algo sobre la condición humana». Una noche, tendidos en el piso de baldosas de la pieza del hotel para atenuar el calor, ella estaba leyendo un cuento sobre un pastor que usaba un velo negro en la cara cuando Tom se quedó dormido. Amanda siguió leyendo pero fue olvidando el relato y pasó a pensar en voz alta sobre la pensión donde vivía, con la heladera común cerrada con candado y cada cartón de leche con el nombre escrito de su propietaria (Grete, Maria), y cuando por fin se movió para apagar la lámpara, Tom abrió los ojos y se quedó mirándola.

—Nunca parpadeas —le había dicho ella.

—No, si puedo evitarlo —dijo él.

No mentía; durante toda su vida se mantuvo fiel a los criterios de verdad que regían la lógica a la que dedicaba sus esfuerzos. Según su intuición matemática, los conceptos verdaderos eran objetos reales, y no formas del pensamiento. Esto lo dijo durante una clase en su segundo año en Harvard y el profesor John Maxell, una de las principales referencias en el mundo de la filosofía analítica en los Estados Unidos, lo invitó a considerar la proposición: *«En este momento no hay un gato en esta habitación»*. Cuando Munk rehusó aceptar la descripción, el viejo catedrático se inclinó trabajosamente a mirar debajo de cada uno de los pupitres de los quince estudiantes que participaban en el seminario; sus huesos crujían pero el esfuerzo estaba destinado a ilustrar el trabajo que costaba encontrar una evidencia. Mientras Maxell verificaba si había o no un animal en la sala, Munk permanecía impasible, de pie ante la pizarra en el frente del salón. «No he encontrado ninguno», dijo Maxell desde el fondo del aula, respirando pesadamente, y Tom le respondió que según había aprendido en las clases de Maxell sobre Leibniz eso sólo demostraba que la presencia de un gato no era verificable por la experiencia en uno de los mundos posibles (pero no en todos).

Al escucharlo sus compañeros de curso silbaban y pataleaban en repudio mientras Tom sonreía y trazaba en el pizarrón círculos cada vez más abiertos para mostrar las alternativas de la verdad en condiciones distintas. Ya que la experiencia no era suficiente, hacía falta construir ficciones teóricas, *exemplum fictum.*

—Por ejemplo, la posibilidad de que exista un gato invisible en esta sala depende de la realidad que estemos presuponiendo.

Y ésa fue, vista ahora, la aproximación más temprana a la decisión que lo llevaría a convertirse en el criminal más buscado en la historia de los Estados Unidos.

La salud de Thomas Munk parecía «precaria», siempre daba la impresión de «estar en peligro». No escuchaba a nadie, salvo a su hermano, que venía a visitarlo a menudo y con el que pasaba varios días conversando en su cuarto o en los bares o paseando por la orilla del río Charles.

Quienes lo habían conocido en aquel tiempo lo defendían y esos testimonios, y las historias de su época de estudiante, reforzaban una sensación de incredulidad que todos tenían frente a sus acciones. ¿Cómo era posible que ese joven se hubiera convertido en un terrorista? No era un perdedor radical, como los caracterizaría años después Enzensberger, no era un resentido social ni un marginado, era un joven norteamericano exitoso; no era un fanático religioso, ni un marxista.

En sus años de Harvard Tom empezó a interesarse en el deporte y en la música. Iba con su hermano a los partidos de béisbol de los Medias Rojas de Boston y en su cuarto escuchaba todo el día «Take this Hammer» y otras *country songs* de los músicos proletarios de la costa, en especial Woody Guthrie, que tocaban en los bares del camino y en los salones para familias de los pueblos de Pennsylvania. Frecuentaban también el bar The Bear, un reducto bohemio de Boston, y todo parecía formar parte de su aprendizaje, como si fuera un extranjero que no sabe nada de la cultura de un país y tiene que aprender todo copiando el modo de vida de los nativos a los que frecuenta. Para su hermano Peter era natural seguir la ruta de la experiencia proletaria y la vida auténtica de su generación, pero Tom parecía un infiltrado porque nunca cambiaba su cara seria y su sonrisa adusta aunque golpeara con el pie en el piso al compás de la música de Hank Williams o de Johnny Cash.

Una tarde conoció a una muchacha en uno de esos locales de bailables del puerto de Boston. Era una chica rubia y flaca, de una familia de profesionales de Nueva York, que estudiaba en Vassar y usaba una falda escocesa con un gran alfiler de gancho prendido abajo y medias negras. Iban al cine al aire libre, jugaban al scrabble, se metían en los moteles a hacer el amor a la hora de la siesta. La chica estaba muy satisfecha con su vida y lo quería, aunque lo notaba un poco raro y bastante distraído.

Se fueron a vivir un verano a una casa de campo, y ella viajó imprevistamente a visitar a sus padres pero cuando volvió se dio cuenta de que Tom no había notado su ausencia. Ah, te habías ido, le dijo cuando la vio llegar a media noche con el bolso y una remera de regalo.

En ese momento la chica decidió que Tom no era para ella, según declaró a los medios; siempre pensó que era un chico estupendo, que merecía la mejor de las suertes, aunque estaba demasiado enfrascado en su vida mental. Se habían distanciado pacíficamente y ella, cuyo nombre no trascendió, declaró que a veces solía recibir tarjetas postales de Tom con saludos y preguntas muy específicas. Le mostró una al periodista del *New Sun:* «Cuando fuimos al Acuario en Massachusetts, ¿vos llevabas una capa de goma amarilla? Por favor, contestame, es un detalle *muy importante*», le había escrito. Estaba investigando la precisión de los recuerdos, según parece, y trabajaba sobre lo que llamaba la memoria incierta y la imagen inolvidable de acontecimientos que nunca hemos vivido.

Estaba concentrado en una serie de experimentos destinados a definir una teoría de las decisiones. ¿Cuáles eran las condiciones necesarias para inferir la verdad? Puso como ejemplo la cuestión de cuántos hijos había tenido Lady Macbeth, problema que la obra de Shakespeare no resolvía. Consideraba el asunto un caso hipotético, igual a cualquier otro hecho incierto de la vida real. Luego de un par de semanas de trabajo en la lógica de los conjuntos borrosos, lo resolvió especulativamente («tuvieron tres hijos») a partir de lo que llamaba la decisión insegura. Con ese trabajo *(Los hijos de Lady Macbeth o el teorema de las series indecisas)* fue el primer estudiante *undergraduate* —después de Noam Chomsky— en lograr que su Junior Tesis fuera considerada un aporte a la disciplina y se publicara en una revista especializada de alta calificación académica. Se convirtió en una referencia nacional en la promisoria ciencia de programación de hardware. Tenía dieciocho años y la publicación del *paper* fue considerada un antecedente suficiente para su paso directo al doctorado. De hecho, se convirtió en *graduate student* de Harvard antes de haberse postulado y casi no se dio cuenta de que había cambiado de estatus hasta que lo invitaron a vivir en la residencia del Graduate College en el campus de Harvard Square en Cambridge, Massachusetts.

La concentración en la teoría impone un distanciamiento completo de los asuntos mundanos, con la consiguiente exclusión de toda distracción o intercambio social. Thomas Munk extendió ese ascetismo teórico a todos los aspectos de su vida académica: publicaba poco y concisamente, no aceptaba invitaciones a conferencias o congresos.

Malcolm Anderson, su director de tesis, lo urgía a no esperar a tener resueltos todos los problemas antes de escribir su disertación, porque ese momento ideal no llegaría nunca. Ese consejo le provocó a Tom un violento estallido de furia porque él se proponía producir una obra perfecta o nada. Le explicaron que nunca conseguiría graduarse o dedicarse a la docencia a menos que se decidiera a escribir cosas imperfectas. Esto le fue enfureciendo más y más y huyó de la oficina pero volvió a las dos horas compungido y le pidió a Anderson que por favor no rompiera relaciones con él aunque lo decepcionara.

Esa noche, contó uno de sus compañeros de aquel tiempo, estaba tan desanimado que se decidió a llamar a su hermano y pedirle que fuera a buscarlo. Peter se lo llevó con él a Nueva York y en el camino empezaron una áspera discusión, tan violenta que los detuvo la policía caminera por conducir con las luces internas del auto encendidas. Parecían dos maniquíes en una vidriera iluminada y tuvieron que explicarle detalladamente al policía sobre qué estaban discutiendo (sobre la guerra de Vietnam) para que los dejaran seguir. «No discutan mientras manejan», les recomendó el vigilante. De hecho allí, en la estación de policía de un pueblo oscuro en la ruta de Boston a Nueva York, empezó a elaborar su teoría de las series pronominales. «Yo pienso: pero el otro no me cree» era una de sus premisas. Cada secuencia pronominal (yo/tú/nosotros/ellos) suponía una realidad distinta y otro sistema de creencia.

Cuando publicó su tesis recibió la Medalla Fields, la más alta distinción a que puede aspirar un matemático. Tenía veinticinco años.

«Es apasionado, profundo, intenso y dominante. Posee un tipo de pureza nunca igualada por nadie a quien yo haya conocido. Thomas Munk quizá sea el ejemplo más perfecto de un genio tal y como se concibe», declaró su director de tesis.

Muchos piensan que Anderson, número uno en su profesión, fue superado de tal modo por ese oscuro estudiante de origen polaco que ese mismo año se retiró de la universidad y se encerró en su casa al borde del mar en la bahía de Boston, amurallada y con alambres electrificados y de la que sólo salió para recibir el Premio Nobel de Física y luego para presentarse como testigo principal de la defensa en el juicio que se preparaba en esos días contra Munk.

—Cuando estaba en baja, había en él —dijo Anderson— algo que lo hacía parecer un tonto (*a fool*), un desorientado y amable joven que hablaba confusamente tartamudeando como si se perdiera en sus propias divagaciones o estuviera desquiciado, pero cuando estaba en forma era deslumbrante, luminoso, inflexible; era la liebre del pensamiento a la que ningún alado Aquiles logra alcanzar.

Esa declaración de su *adviser* fue uno de los argumentos de la familia de Thomas Munk para alegar insania y tratar de cambiar la carátula del juicio y evitar así la pena de muerte.

En 1967 Munk aceptó un puesto de profesor en el Departamento de Matemáticas de la Universidad de California, en Berkeley, que era en ese momento el más prestigioso del país.

Algunos analistas señalan que fue en California donde Tom descubrió la filosofía antitecnológica y comenzó a soñar con escapar hacia la *wilderness*. Quizá decidió enseñar en Berkeley para ver de cerca los movimientos anticapitalistas que estaban en auge y para observar las acciones de los grupos anarquistas de la bahía de San Francisco.

—Era extraordinario como profesor —dijo Mike Uberman, destacado investigador en el MIT—, a pesar de que se ausentaba a menudo atacado por sus jaquecas o sus obligados paseos nocturnos en los que se perdía hasta bien entrada la mañana, por lo que no venía a clase. También nosotros padecíamos de jaqueca, como si la intensidad de pensamiento viniera acompañada de una experiencia con las paredes del cráneo.

En esa época su hermano Peter fue movilizado y pasó dieciocho meses en Vietnam y volvió de la guerra adicto al opio. Tom había sido exceptuado del servicio por razones médicas y su hermano fue a la guerra convencido de que era la mayor experiencia a la que podía aspirar un escritor, hasta que desembarcó en el campo de batalla. Entonces cambió de idea pero ya era tarde.

Cuando Peter regresó, Tom lo esperaba en el aeropuerto y lo vio llegar vestido con el uniforme marrón claro, con una bolsa azul donde llevaba sus pertenencias, un mocetón pesado con una cicatriz que le daba una expresión hosca y severa. Fue entonces, según Peter, cuando su hermano empezó a hablar de la decisión de cambiar de vida. No soportaba el mundo académico, se sentía ahogado. Lentamente la experiencia de Peter en la guerra pasó a segundo plano y la conversación giró sobre los propósitos de Tom y sobre su decisión de vivir apartado, dedicado a sus investigaciones. Iba a estar alejado del mundo por algunos años, para profundizar sus trabajos en filosofía de las matemáticas y también para que su forma de vida interviniera directamente en su pensamiento. «Me he dado cuenta», dijo, contaba su hermano, «que el idealismo y el materialismo coinciden en que sólo se puede dominar el mundo dándole la espalda.» La verdad coincide tan poco con la realidad empírica, dijo después, que el único modo de conservar la cordura era alejarse de todo. Quería aislarse para comprobar si era capaz de realizar un trabajo verdaderamente útil.

Habían ido a un bar al costado de la autopista a comer y a tomar una cerveza. En las paredes de troncos del lugar había cabezas de grandes piezas de caza decorando el salón. Tom no estaba contra la muerte de los animales, no era vegetariano ni pacifista, al revés de Peter, que había vuelto de Vietnam con una fuerte tendencia a la inacción y a la mística oriental, como si comer sólo verdura le permitiera olvidar los cuerpos despedazados de sus compañeros que habían muerto en la guerra.

Un tiempo después Thomas Munk abandonó su carrera académica como si las decisiones intempestivas formaran parte de su programa personal. Le escribió al *chair* anunciando su renuncia, una carta que todos hemos leído en los diarios. Peter pensó que su hermano intentaba unir la cultura y la vida, el pensamiento y la experiencia. Toda una generación estaba tratando de hacer lo mismo y abandonaba las formas de vida convencionales como un modo de alcanzar la verdad.

Después de renunciar a la universidad, Tom se dedicó a viajar en auto por los Estados Unidos y cada tanto le enviaba a su hermano una tarjeta postal. Las despachaba desde distintos puntos en la ruta, habitualmente en el servicio postal de los *drugstores*. (Foto: *Un motel en el desierto*, y atrás escrito con su letra de miope: «Cuando llego al motel tengo que pasar treinta o treinta y cinco minutos sacando los insectos muertos del parabrisas y la rejilla del motor.») Fue subiendo por la Route 22 y deteniéndose un poco al azar en pueblos que estaban fuera del área de la autopista. (Foto: *Un caserío*. «En este lugar todos viven de la cría de abejas. Sólo se ven cajas blancas con paneles, y personas con máscaras y trajes amarillos como astronautas.») Incluso llegó hasta México y anduvo preguntando si podía comprar una hacienda chica o una chacra. (Foto: *La casa del Cónsul en Cuernavaca*. «Todos aquí hablan de la masacre de estudiantes en Tlatelolco que sucedió hace tres años.») Luego cruzó la frontera hacia Canadá por el norte y bordeó la Highway 68 hasta los grandes lagos y en todos lados preguntaba qué trabajos había y dónde podía conseguir un terreno apartado. (Foto: *Una iguana en medio de la ruta*. «Me robaron la valija en una gasolinera. Tengo varias pastillas de jabón del motel, una toalla sucia de alquitrán, dos cuadernos Clairefontaine rojos, una máquina de afeitar eléctrica de corriente alterna, un cepillo de dientes.») Las razones más personales se las hizo saber a su hermano en una carta que escribió en Oklahoma, en un hotel (de la que se conserva una copia en carbónico en su archivo), donde se nota cierto tono levemente alterado. «En la noche del 3 al 4 de noviembre, camino de Colorado, un hotel que tiene una máquina de escribir, me recibieron amablemente. Encontré un terreno muy favorable para mis propósitos cerca de la gran reserva en un estado cercano.» La foto mostraba un bosque que cubría la ladera de una montaña y se extendía por el valle hasta la orilla de un gran río.

2

Los bosques de Montana se extienden por cientos de kilómetros entre valles, colinas y altas montañas. Una zona despoblada, con inviernos crudos y largos veranos. Tradicionalmente fue un territorio de traficantes de pieles y de buscadores de oro que muchas veces se internaron en los montes y vagaron durante meses como salvajes.

Thomas Munk llegó allá en una fecha incierta, a mediados de los años setenta. Una tarde apareció en el pueblo de Jefferson, dijo que era agrimensor y que quería hacer algunas investigaciones de largo plazo en el terreno. Parecía un hombre pacífico, que quería vivir retirado, como tantos en este país.

«Hay cientos de desesperados que se apartan del mundo y vuelven a la vida natural», según Parker; «una plaga nacional, ir a la frontera, buscar llanuras vacías y paz. Mis compatriotas se dividen en los que hacen crecer furiosamente las ciudades, fabrican autos y asfaltan miles de millas, y los que se meten en la pradera y viven en contacto con la naturaleza. Entre ellos será la batalla final que empezó como una guerra entre los pieles rojas de las mesetas y los carapálidas que venían de las ciudades.» Luego fueron las comunas hippies y más tarde los ecologistas quienes se distanciaron de la civilización y vivieron aislados. Estos enfurecidos hijos de la naturaleza consideraban sus vidas mutiladas y desfiguradas y su experiencia social aterradora, y estaban convencidos de que una nueva cultura podía nacer en el aislamiento y el rechazo de las multitudes urbanas.

Primero construyó una cabaña de madera de seis pies, siguiendo el modelo de la que había construido Thoreau en *Walden*, y se adaptó rápidamente a la vida en soledad. Había desmontado un claro en el bosque y roturado un terreno de cincuenta por cincuenta. Hizo un horno de barro y un baño atrás de la casa y cavó un foso para poder sacar agua con una bomba de mano. Construyó una leñera y en el otoño empezó a juntar madera para pasar el invierno.

Durante el día salía a cazar y a pescar y se ocupaba de sus cultivos y sus animales y de mantener aireada y seca la cueva donde guardaba sus alimentos. Al atardecer volvía a su cabaña y cuando caía la tarde se dedicaba al estudio y a la lectura bajo la quieta luz de un sol de noche. La única manera de vivir en aislamiento extremo era seguir ciertos hábitos fijos. Había dividido su vida en secuencias autónomas, que obedecían a la placidez y la quietud de los cambios naturales. La cuestión no era cómo hay que pensar lo que se vive, sino cómo hay que vivir para poder pensar.

En esos días empezó a escribir su *Diario.* Nunca dejó sus trabajos y especulaciones en matemáticas y en lógica pero sus lecturas y sus escritos se ampliaron hacia registros cada vez más amplios. Si uno observa su biblioteca no puede imaginar en qué dirección estaba realizando su investigación (entre sus libros tenía, por ejemplo, *Argentina, sociedad de masas* de Torcuato Di Tella), ni tampoco qué relación existía entre su obra y sus acciones armadas.

El terreno y la camioneta Ford estaban a nombre de su hermano, de modo que no pagaba impuestos, no usaba electricidad, ni gas y no tenía teléfono; no había querido cercar su territorio y a veces encontraba mochileros y grupos de veraneantes que hacían camping en las sierras. Montaba trampas como los viejos cazadores y tramperos y hacía trueque en el pueblo con las pieles de zorros y conejos. Dedicaba algunas horas a observar las presas que quería cazar y anotaba en su *Diario* los movimientos y los cambios de costumbres de los animales y así podía atraparlos sin dificultad. Cuando salía a cazar en el bosque, nunca se alejaba más de tres horas de marcha de su cabaña. Se movía en un círculo de veinte kilómetros que conocía muy bien. Se instalaba en un refugio cubierto de ramas cerca de la laguna central para vigilar a los animales que iban a beber ahí. Conejos silvestres, liebres, patos, alguna vez un lobo o un gato salvaje.

Una tarde vio a un oso pardo entrar en el agua y acercarse a un panal que colgaba de un tronco y meter una rama para comer la miel. Se sumergía en el agua para sacarse a las abejas de encima o las mataba con la otra zarpa, pero mientras comía mantenía los ojos cerrados para que no lo dejaran ciego las picaduras. Se fue de pronto como galopando en el agua y abriendo una brecha en la espesura.

«Borrar las huellas es algo que los animales no saben hacer.» Ésa era la mayor diferencia entre los hombres y las bestias. «Nosotros», escribió en su *Dia*rio, «sabemos limpiar los rastros, crear pistas falsas, mutar, ser otros. En eso consiste la civilización; la posibilidad de fingir y engañar nos ha permitido construir la cultura.»

Cuando soplaba viento del norte salía a pescar a la mañana temprano. En el agua clarísima del río, movida apenas por el viento que bajaba de los montes, se veían las truchas que se mantenían firmes contra la correntada; pescaba con mosca, agitaba la caña sobre la superficie con latigazos breves y veía a los peces saltar para cazar en el aire el anzuelo.

Cada tanto iba hasta el pueblo y los pobladores lo ayudaban y a veces les pedía herramientas o semillas a cambio de pequeños trabajos que realizaba para ellos; consideraba que esas operaciones económicas eran del orden del trueque —y no del crédito ni de la venta—, una forma de solidaridad entre vecinos que había sobrevivido a los intercambios forzados de la sociedad industrial.

A veces el viejo policía del pueblo llegaba a la cabaña a visitarlo y a conversar con él. Era el hombre más apacible que he conocido, declaró el sheriff. Me invitaba a comer conejo a la parrilla con papas asadas y un postre de grosellas y miel de primera calidad. Tomábamos unas cervezas que yo traía en el auto y siempre recuerdo esas comidas como de las mejores que he tenido, aunque he asistido a almuerzos y cenas con las autoridades del pueblo y del estado.

Parecían dos cowboys comiendo al aire libre, calentando el café en la hoguera y escuchando a los coyotes en la lejanía. Había algo muy masculino en esa vida al aire libre, muy norteamericano, podríamos decir, el hombre que abandona sus obligaciones y vive solo en la pradera y en los bosques.

Una tarde lo sorprendió un chubasco lejos de la casa y pasó una semana con fiebre sin hacer otra cosa que estar tirado en la cama, tomando té con miel. A veces iba al hospital del pueblo y se hacía revisar las picaduras de los bichos y el estado de las manos, que cuidaba con la dedicación de un pianista.

«Hacíamos largas caminatas», contaba el policía, «bordeábamos el río y subíamos hasta la cima del monte White para ver el valle del otro lado con las autopistas que cruzaban el estado vecino hacia las ciudades abigarradas del norte.» Nunca supo que era un matemático famoso pero tenía la sensación de que sus conocimientos abstractos eran mayores que los de cualquier persona que hubiera conocido. «Era sobre todo un hombre tranquilo», dijo el sheriff. «Seguro hizo las tropelías que dicen que hizo pero habría que preguntarle las causas, porque es la persona más buena que he conocido en todos mis años de policía rural», declaró al diario local.

En Jefferson empezó a frecuentar a Mary Ann, la camarera de un bar en el cruce de la Route 66. Le dijo que se llamaba Sam Salinger, que era viajante, que estaba casado pero su mujer ya no lo quería. Le habló de sus proyectos y fue la persona a la que más cerca estuvo de revelarle la verdad de sus planes. La sociedad era injusta, era cruel. Le hacía seguir sus razonamientos y la muchacha llegaba sola a conclusiones reveladoras. Ésa fue, según anotó Munk en su *Diario*, la verificación de que se había enamorado de la chica. Mary Ann se presentó espontáneamente a dar testimonio luego de reconocerlo en las fotografías como el joven que había intimado con ella durante meses y se refirió una y otra vez a esa tarde en la que Tom, envuelto en un sobretodo gris y con el cuerpo desnudo, le había revelado que tenía intenciones de abandonar todo y viajar a Canadá a un lugar frío y empezar otra vida. ¿Qué le parecía a ella? ¿Iría con él a vivir cerca de los grandes hielos? La muchacha le dijo que tenía que pensarlo pero decidió que ya no volvería a verlo. Había imaginado que era un desertor del ejército, como había tantos. Le pareció un hombre extraño, muy educado y atento, que actuaba como si quisiera olvidar algún crimen o hubiera escapado de la cárcel.

A veces, durante el verano, Tom trabajaba en el aserradero. Una semana o dos para juntar dinero en efectivo que luego usaba para sus compras especiales.

Incluso durante varios meses se había empleado como maestro en la escuela del pueblo. Preparaba las clases con mucha dedicación, como si buscara alejarse por un tiempo de su cabaña, y a veces se quedaba en la casa de huéspedes de la señora Ferguson para estar más cerca de la escuela. Tradujo para los chicos —y eso fue para mí una sorpresa— el cuento «Juan Darién» de Horacio Quiroga, que también se había retirado a vivir en la selva y se había construido su propia casa y sobrevivió con su mujer y sus hijos en condiciones difíciles, escribiendo algunos de los mejores cuentos de la literatura en castellano. Usaba el cuento de Quiroga para ilustrar la crueldad de la civilización, cuya raíz griega significaba, dijo en la clase, domesticación, adiestramiento y doma.

Había encontrado un ciervo, congelado en un claro del bosque. Primero pensó que estaba vivo y lo observó desde un refugio entre los arbustos. Algunos animales salvajes permanecen inmóviles cuando ya no pueden escapar. Por lo visto, se había separado de la manada. Los ciervos se amontonaban en invierno, pero éste quizá se había distanciado o extraviado. Parecía la estatua perfecta de un ciervo joven capturado en el momento en que levanta la cabeza para orientarse con el sol.

De pronto recordaba cómo habían sido sus días felices en el pasado: despertarse en una cama, poner los pies desnudos en la alfombra, darse una ducha, preparar el café, sentarse a trabajar en la oficina de la universidad. No era nostalgia, era una manera de observar su vida pasada como si él mismo hubiera sido un ciervo congelado bajo la helada.

Por fin comenzó sus experimentos. El primero fue un ensayo, lo llamaba un ensayo, como quien en un laboratorio hace una prueba antes de la investigación principal. Decidió elegir un objetivo anónimo, para no correr riesgos. Salió de la cabaña al atardecer pero antes encendió la lámpara y calculó el tiempo que tardaría en consumirse el petróleo. Colocó por precaución la lámpara en un recipiente de lata sobre la mesa. Si todo iba bien tardaría seis horas y si alguien pasaba frente a la casa podría imaginar que estaba trabajando y que, como tantas veces, no había querido abrir la puerta para no ser interrumpido.

Nadie lo vería subir a la vieja pick up y remontar el camino hacia la ruta y seguir luego hasta el desvío que lo llevaba a Durango. No se preocupaba por nada que no fuera su objetivo («No pienso en nada que no sea la línea blanca del camino y los árboles que cruzan»). Había cambiado la patente, había puesto suplemento en sus zapatos para confundir sus huellas, iba entonces disfrazado hacia el sur. Pero su estado de ánimo no era frío y tranquilo sino exaltado, la tensión se le convertía en euforia. ¿Cómo iba a reaccionar? Había pasado años aislado y ahora quería ponerse a prueba: «No es el crimen el que nos aísla, sino que primero debemos aislarnos para poder cometer un crimen».

Entró en la ciudad por el *freeway* del norte, a esa hora había mucho movimiento en las calles. La multitud lo perturbaba, después de tantos meses de soledad. Subió por el puente que cruzaba la carretera y desembocaba en el estacionamiento central del gran *mall*. Detuvo la camioneta en la zona destinada a los empleados y bajó decidido con un sobre en la mano y se agachó a revisar las ruedas de la pick up, y en el mismo movimiento dejó la bomba escondida bajo el motor de un Honda rojo. Después salió tranquilo del parking y fue hasta el borde del camino de salida y volvió a entrar en la playa de estacionamiento por el otro extremo del centro comercial.

Había autos estacionados, carritos de supermercado, líneas blancas y carteles y una gaviota que picoteaba entre las manchas de grasa. Parecía haberse perdido, había confundido el resplandor gris del asfalto con la superficie del agua. Pueden volar kilómetros y kilómetros sobre el mar pero nunca se alejaban tanto de la costa, salvo que enloquezcan al perder la orientación. Se la veía andar a los tumbos, las alas abiertas, los ojos rojos, el pico entreabierto con la pequeña lengua afuera. Nadie parecía verla y se movía torpemente entre los autos estacionados y los charcos de aceite y los restos de la nieve barrosa en el cemento hasta que por fin levantó vuelo y se alejó hacia las luces altas de los edificios cercanos.

Según había comprobado en el Best Computer Com de Durango, la puerta lateral era la salida obligada de los técnicos y los ingenieros de computación. Todas las grandes corporaciones repetían la estructura y la función de sus trabajadores, de modo que si uno conocía bien un edificio conocía todos los demás. Ésa era una prueba de la debilidad íntima del sistema: para abaratar los costos tendían a repetir el formato y la disposición de sus plantas. Los baños, las cajas registradoras, los despachantes y los revisores de cuenta, los empaquetadores, las oficinas, la puerta principal eran iguales en todos los edificios de la compañía en todos los estados de los Estados Unidos. Lo mismo sucedía con los hoteles y los supermercados y con los bares de una misma cadena, y con los microcines y con las enormes playas de estacionamiento, y también con los precintos de la policía y con la disposición interna de las cárceles. La repetición fija de los lugares y la función de la serie permitía ahorrar movimientos: como si la disposición espacial estuviera pensada para que se moviera cómodamente una multitud simultánea y simétrica de empleados y clientes y guardias de seguridad y fuera sencillo así adivinar lo que hacían los que no obedecían esas disposiciones y ubicarlos al instante en las cámaras filmadoras.

Tom tenía un registro de los técnicos que trabajaban en el laboratorio del subsuelo. Un grupo de ingenieros y de ex estudiantes graduados especializados en computación que habían descendido en la escala social y trabajaban ahora como empleados anónimos en una gran cadena dando indicaciones a los clientes sobre las renovadas y complejas máquinas que se vendían en los locales de Best Computer Com.

Faltaban unos días para Navidad, de modo que el lugar se iba poblando de familias que se movían en grupo por la zona de compras. El aire helado de la noche entraba en el salón cada vez que se abría la puerta de vidrio; los autos iban y venían por el estacionamiento. La gaviota pasó volando desde la altura y bajó otra vez al piso de concreto de la playa de estacionamiento.

La mujer del pañuelo verde se acercó al Honda rojo con una carpeta en la mano. Parecía joven y usaba anteojos negros a pesar de la oscuridad; vestía un abrigo beige y llevaba una gorra de piel que le cubría las orejas. Abrió la puerta del auto, dejó la carpeta en el asiento trasero, se quitó el abrigo; bajo la luz encendida parecía una muñeca en una caja; cuando se sentó al volante y encendió el motor, hubo una sacudida, un pequeño estallido de claridad y un estruendo.

Un viejo con un largo capote gris que empujaba un carro de compras se detuvo un momento frente al auto y después siguió de largo apresurando el paso. Una mujer que llevaba un chico de la mano se dio vuelta y caminó de costado tironeando al hijo, pero tampoco se detuvo. La gaviota levantó vuelo en un aleteo rápido y se alejó en la oscuridad hacia la autopista. Un minuto después todo seguía igual.

Lo que más lo impresiona es que sale del *mall*, cruza el parking, sube al auto y marcha lento por las calles iluminadas de la ciudad y nadie sabe que es él quien ha matado a esa mujer.

Gödel había contado en una charla en Harvard que, después de construir el teorema que lo haría inmortal, había pasado la noche viajando en subte pensando que la vida de los que estaban ahí iba a cambiar por él, sin que todavía nadie lo supiera.

Había registrado en su *Diario* ese primer experimento. Una sensación de omnipotencia, de haber cruzado la línea sagrada. Se movía entre la gente con la sensación de ser invisible y único.

El siguiente atentado buscaba impedir —o retrasar— la fusión de sistemas digitales y biológicos que permitiría la intervención retrospectiva en millones de ADN. Hanz Frinkly, del Biological Lab de Minnesota, un alemán alto, de cara rubicunda y grandes mostachos, un hombre simpático, muy efusivo, había sobrevivido a un campo de concentración ruso durante la Segunda Guerra y de ahí le venía ese bigote «a la Stalin», como decía. «Me miro en el espejo y el recuerdo de que he sobrevivido al georgiano me hace sentir más joven», decía. Era viudo y quería rehacer su vida; corría en verano por los bosques y en invierno trotaba por los túneles subterráneos que cruzaban el campus, iluminados con luz artificial.

Esa mañana la secretaria le había dejado sobre la mesa la correspondencia del día. Sería mejor verla en otro momento pero no pudo resistir la tentación de comprobar si le habían escrito sobre su último y extraordinario artículo publicado en la prestigiosa revista *Science*. Al abrir el sobre que supuestamente le había enviado un colega del MIT estalló una bomba que lo hirió gravemente.

Las lesiones le habían causado daños cerebrales y desde entonces vivía recluido en un centro de rehabilitación en las cercanías de la universidad. Desde los ventanales podía observar a los jóvenes que cruzaban el parque cuando iban a sus clases, pero ese espectáculo le resultaba tan insoportable que prefería permanecer en su cuarto con la puerta abierta de cara al pasillo, donde otros enfermos cruzaban con dificultad apoyados en muletas o deslizándose en sus sillas metálicas.

El matemático John Breedlove, que estaba a cargo de la cátedra Peano en la Universidad de Chicago, bajó a la mañana temprano luego del desayuno con un barbijo, para no respirar el aire contaminado porque estaba tratando de no caer enfermo en primavera, como le sucedía cada vez más a menudo por culpa de las llamadas alergias, que lo obligaban a internarse en el Memorial Hospital cada mes de abril. Estaba a punto de concretar su trabajo sobre la lógica inestable de la información en series abiertas y de un modo supersticioso y un poco ridículo temía que una enfermedad le impidiera concluir sus cálculos. No había cumplido ninguno de los módicos deberes sociales que se suponía que un hombre de su edad y rango debería haber cumplido: no se había casado, no había tenido hijos, había dedicado su vida a su carrera y se sentía bien apreciado por sus colegas. La carta falsamente enviada por un conocido matemático de California, que le había llegado en el reparto de correspondencia de las 11.00 am, le estalló en la cara y lo mató en el acto.

Un estudiante de ingeniería (John Hauser) encontró un paquete bajo una silla en la sala de computación del Cory Hall en el Computer Laboratory de la Universidad de California y murió al levantarlo. Tenía veintidós años, estaba casado, tenía una hija, era un activo militante contra la guerra del Golfo. Menéndez se encargó de darle la noticia a la joven esposa afroamericana del chico asesinado. Vivía en una casa con galería abierta, en la zona residencial de gueto, y al ver llegar el coche oficial tardaron en abrir aunque espiaban por las celosías. Al fin, cuando la mujer abrió y lo hizo entrar, Menéndez le dio la noticia y le entregó el crucifijo de plata que el joven llevaba en el pecho. La muchacha, delgada y de ojos ardientes, empezó a temblar y lo miraba fijo, sin decir nada. Menéndez estuvo un rato inmóvil hasta que la mujer reaccionó y empezó a insultarlo como si él hubiera sido el asesino.

Hubo un atentado contra Alan Hunter, un destacado científico de Yale que se había formado en el Institute of Advanced Studies de Princeton y trabajaba en un proyecto secreto, protegido por el Estado. Mal vestido, ajeno a todo protocolo académico, casado y divorciado varias veces, vivía en un búnker, protegido por varios sistemas nacionales de seguridad. Uno de sus discípulos declaró que esa tarde había llevado a Hunter en auto a su casa y que lo vio llegar a la puerta de su vivienda, custodiada por un hombre del servicio secreto que murió instantáneamente cuando estallaron dos bombas de plástico en la entrada de la residencia. La onda expansiva arrastró a Hunter contra el gran roble del jardín y lo incrustó en las rudas ramas bajas del centenario árbol, que lo aplastaron como las aspas de un molino. Falleció dos horas después, víctima de politraumatismo y hemorragia interna.

Numeraba los atentados, esperaba llegar a los cien. Munk no quería acercarse personalmente a sus víctimas, los mataba a distancia, sin tocarlos; los consideraba funciones del sistema, individuos que estaban llevando adelante una tarea destinada a destruir todo lo que era humano en la sociedad. Usaba la información disponible en cualquier biblioteca pública más o menos decente y leía en internet los informes de investigación disponibles y a partir de ahí organizaba sus objetivos.

4

En ese tiempo su hermano recibió una carta donde Tom le pedía que fuera a visitarlo antes de que las nieves volvieran a bloquear el camino hacia su residencia en el bosque.

Peter viajó dos días hasta llegar a Montana y se sintió feliz cuando al desviarse hacia la reserva por un estrecho camino escarpado entre los árboles desembocó en un claro y vio a Thomas que, en un costado, limpiaba el barro del filo de una azada con un cuchillo de monte.

Vestido con unos jeans rotos y botas de media caña, con una camisa de franela a cuadros, parecía un campesino o un leñador de la zona. Se miraron bajo la claridad difusa de la tarde y hubo una emoción y también una alegría como si todo lo que habían vivido juntos persistiera cada vez en el reencuentro.

La sorpresa para Peter fue que Tom ahora tenía un loro. Una lora, para decir la verdad. Un bicho amarillo, agrio, que los miraba de costado con un solo ojo, desde una jaula de madera. Sí, dijo Munk, es Daisy. Para que no digas que nunca hablo con nadie.

Y al escucharlo hablar de ella, digamos así, la lora saltó nerviosa en el alambre, y enfurecida gritó: «¿Quién vino, Tom, quién está aquí?». Y como Munk y su hermano empezaron a alejarse, la lora saltó de nuevo y volvió a gritar con su voz de vieja avinagrada: «Quiero ir al hotel, Tom, vamos ahora al hotel, Tom», con un tono cascado de loca.

Su hermano se había convertido en un cazador-recolector y en un filósofo a lo Diógenes, decía Peter. El vecino más próximo estaba a cinco millas y en la laguna de la cercanía Munk nadaba desnudo en las tardes de verano.

Cuando los periódicos publicaron el *Manifiesto* de Munk toda la nación se dedicó a leerlo, menos Peter, su hermano. «Como es un escritor, no lee...», dijo Parker, «¡sólo escribe!» Recién dos semanas después, una tarde, en el taller de cuento en Columbia, mientras discutían los cuentos de guerra de Tim O'Brien, uno de sus estudiantes afirmó que el estilo de Recycler era mucho mejor que el de todos los escritores de guerra que habían leído en el curso.

Esa noche, Peter, después de la cena, ya en su casa, se sentó frente a la pantalla de la computadora a leer el texto en internet. Le pareció que decía cosas justas y otras un poco ilusas, pero en medio de la lectura lo detuvo una expresión, un refrán (*You can't eat your cake and have it too*), repetido dos veces, un antiguo giro coloquial que su hermano usaba habitualmente.

Llamó a una amiga, Patricia Connolly, que los conocía, y le repitió la frase. ¿Thomas?, dijo ella para calmarlo, no puede ser. Claro que no puede ser, dijo él, y en ese momento tuvo la certeza de que su hermano era el autor del *Manifiesto*.

Entonces subió al desván de la casa, y bajo el techo inclinado de «*la chambre de bonne*» (así llamaba al altillo en su relato autobiográfico *Mi hermano y yo*, publicado en el *New Yorker*), con los añorados objetos de la infancia amontonados en el lugar —El Cerebro Mágico, el Meccano, el guante de pitcher firmado por Billy Sullivan, el banderín de los Yankees, una hilera de viejas zapatillas alineadas cronológicamente— encontró en uno de los cajones, junto con fotocopias, documentos y fotografías, el original mecanografiado del ensayo sobre *La naturaleza perturbada* que Thomas había enviado a *Harper's* en 1975 y que la revista le había devuelto sin publicar. Dos párrafos del trabajo se repetían textualmente en el *Manifiesto*.

Sentado entre esos objetos familiares, Peter sintió que tenía que hacer algo. Casi no había luz y las ventanas reflejaban la sombra de los árboles, y en esa oscuridad volvió a pensar que si Tom era el terrorista, su vida estaba destruida.

Quería a su hermano más que a nadie en el mundo, pero para detener la demencial ola de crímenes tendría que sacrificarlo y lo haría.

Cuando Peter con aire cadavérico puso a su madre al corriente de la situación, ella se acercó a su marido, que seguía convaleciente, y le tomó de la mano. No te preocupes, Jerzy, le dijo, y luego miró a su hijo y, en polaco, le dijo con voz helada:

—Prefiero verte muerto antes de saber que eres el delator de tu hermano.

Los conversos, los ex comunistas, los que están decepcionados de sus antiguas convicciones son los verdaderos *enfants terribles* de la política contemporánea, decía Menéndez, y cuando vio a Peter se dio cuenta de que pertenecía a esa estirpe.

Si hubiera triunfado Judas no tendríamos tantos problemas en Palestina, declaró Menéndez. Según él, Judas comprendió que Cristo se había convertido en un extremista encallecido e inflexible y que la violencia sería el resultado de la prédica subversiva del que se decía el Pastor de los hombres.

Los hombres de Menéndez fueron llegando al pueblo en grupos, con distintos pretextos, y se instalaron en los hoteles del lugar o en la casa de los policías de la región. No dijeron a quién estaban buscando, pero al amanecer entraban en el bosque y patrullaban la zona cercana al valle.

Tom seguía haciendo su vida de siempre y no reparó en los movimientos extraños. Sólo Daisy, la lora, parecía asustada y gritaba a toda hora («Vamos al hotel, vamos al hotel, Tom») y se agitaba. Al final Munk la cubrió con una tela negra, pero la lora se enfureció y tuvo que destaparla porque bajo la tela engomada gritaba más fuerte y en un lenguaje incomprensible pero furioso.

Por fin, en la noche del 18 de junio los agentes del FBI se acercaron a la casilla como si tuvieran enfrente a una banda acorazada. Siempre actuaban así, hasta que no tenían una superioridad de diez a uno no se movían, y siempre actuaban como si los sospechosos o los sujetos bajo control fueran culpables dispuestos a vender cara su derrota (usaban esas expresiones). Se deslizaban entre los árboles observando la luz que titilaba en la cabaña; todavía no era noche cerrada y, mientras esperaban para irrumpir en silencio, la lora empezó a chillar desde la rama del árbol donde tenía su jaula. «Quién viene, Tom, quién viene, Tom?» Munk se asomó por la ventana y estuvo un rato inmóvil mientras los tiradores especiales de la policía lo apuntaban desde la mira telescópica de sus fusiles. Pero Munk volvió a entrar.

El sheriff se acercó a la cabaña y llamó a la puerta con dos golpes tranquilos, como hacía siempre. Cuando Thomas Munk abrió la puerta, ahí se arremolinó la patota y lo redujo, mientras Menéndez entraba, triunfal. Desde el piso adonde lo habían arrojado los federales que lo sujetaban, Tom alzó la cabeza.

—¿Cómo me encontraron? —dijo.

—Fue tu hermano —dijo Menéndez para ablandarlo.

—De modo que no fue usted.

Tal para cual, dijo Parker. Cada uno el mejor en su estilo.

La cabaña estaba limpia, ordenada, con libros en las paredes y frascos de explosivos en los estantes altos. No había armas a la vista. Revisaron los cajones, tiraban todo abajo, ¿qué buscaban? Mientras, Thomas Munk se había sentado a su mesa de trabajo y con las manos y los pies engrillados leía un libro de análisis matemático.

Cuando terminaron la requisa, asombrados de que ese hombre, en ese lugar, hubiera sido capaz de hacer lo que había hecho, lo obligaron a levantarse. Obligarlo es un decir. Le hicieron una seña y Thomas Munk se levantó con la dignidad y gesto altivo de un prisionero político.

5

Lo que circuló inmediatamente en los *media* y se convirtió en el centro del debate fue la pregunta ¿cómo es posible? ¿Cómo pudo suceder? Ya no se trataba de la tradición norteamericana del asesino solitario que en un acto sorpresivo entra en un bar y mata a todos los parroquianos porque la noche antes no le habían querido servir un café irlandés, o del chico de la secundaria que mata a quien se le pone adelante porque lo han llamado gordo durante tres semanas y está aplazado en gimnasia. Ni siquiera del empleado de supermercado que fue dejado cesante y ya que no puede recurrir a un sindicato o a una organización de apoyo, sube a una torre y mata a todos en una suerte de violencia política privada. Esos hechos abundan en la historia de una sociedad que ha hecho del individualismo y la despolitización su bandera. En este caso se trataba de un hombre de la élite que durante años se dedicó sistemáticamente a realizar actos violentos y eludió la máquina de persecución nacional del FBI por motivos que no eran personales sino políticos e ideológicos.

Actuaba solo, era un *self-made man,* expresaba los valores de su cultura, era un norteamericano puro, pero su vida personal no expresaba el éxito sino el fracaso del sistema. Que nadie más que él tuviera el secreto de sus actos, que en años y años no se hubiera confiado a nadie era lo más extraordinario pero también lo más norteamericano de toda la historia. Quienes lo habían conocido estaban sorprendidos y alarmados y algunos rechazaban la posibilidad de que el mismo hombre sereno al que habían frecuentado se hubiera convertido en un terrorista y en un asesino.

Nina, una noche, volvió a golpear los vidrios de la ventana y se sentó conmigo a mirar las noticias en la televisión. Era muy tarde, a causa de la diferencia horaria, cuando vimos por primera vez a Thomas Munk en *ABC News.* Lo trasladaban de la prisión a los tribunales y bajó de la camioneta de la policía, vestido con un mameluco anaranjado, la cara hirsuta por la confusa barba roja pero con una sonrisa en los labios. Parecía un salvaje, el hombre de los bosques, y cuando vio la cámara levantó las manos esposadas con un puño cerrado como si fuera un saludo victorioso. Tenía los tobillos encadenados y se movía con torpeza mientras entraba en el juzgado en Jefferson, donde se iniciaban los preliminares del juicio antes de que lo trasladaran a los tribunales federales de California en Sacramento.

El emboscado, dijo Nina. Aislado del mundo. Peleando solo. Difícil encontrar algo parecido en la historia política. Vivió casi veinte años como un Robinson sosteniendo su guerra solitaria contra el capitalismo mundial. En la cabaña encontraron un *Diario,* escrito en parte en español y en parte codificado, donde registraba su vida y anotaba en detalle sus atentados.

El fiscal había pedido la pena de muerte y Thomas se había negado a seguir el consejo de los abogados de un prestigioso estudio de Nueva York que su hermano había contratado y que pretendían que alegara demencia y se amparara en las disposiciones legales correspondientes para evitar ser ejecutado. Munk en cambio había rechazado esa posibilidad y había pedido defenderse a sí mismo.

El hecho de que se negara a protegerse por insania era considerado por los abogados una prueba de demencia. Sólo los locos argumentan que no están locos, porque nadie en su sano juicio va a insistir en que es una persona cuerda. Para Munk, en cambio, la discusión sobre la locura no podía ser una condición del juicio sino su resultado. («Se define como una esencia lo que debería ser el objeto de análisis», había dicho.) Por lo tanto pedía que sus escritos y sus actos fueran el centro del debate jurídico y no su persona. Porque nadie es solamente un asesino o un loco, sino varias cosas más, simultáneas o sucesivas, pero un acto sí puede ser definido por su carácter propio, por sus objetivos y sus consecuencias. El estado quería declararlo demente para que sus argumentos políticos fueran desechados como delirios, dijo. Sus argumentos y sus razones no eran considerados, lo que era clásico en los Estados Unidos, donde las razones políticas radicales eran vistas como desvíos de la personalidad. Según Munk, diagnosticarlo como un loco y no dejarlo defenderse era usar los métodos de la psiquiatría soviética, que siempre había afirmado que los disidentes eran locos porque nadie en su sano juicio podía oponerse al régimen soviético, que era un paraíso y expresaba el sentido de la historia. Los Estados Unidos, ahora que ya han triunfado en la Guerra Fría, piensan que son el mundo perfecto de Leibniz y que sus opositores están fuera de la razón. No soy yo quien ha inventado la violencia, ya existía y seguirá existiendo. ¿O sólo los casos en que la violencia tiene objetivos políticos deben considerarse un acto de locura? En definitiva, sólo los que se oponen al sistema son locos, el resto son sólo criminales, dijo.

La discusión general se centraba sobre todo en el cómo (cómo había hecho Munk para hacer lo que hizo) pero no en por qué lo había hecho. Nunca se hacían esas preguntas cuando se trataba de un hecho político (¿por qué había matado Oswald a Kennedy?), sólo les interesaba el cómo (estaba en los altos de una oficina con un rifle de alta precisión), pero cuando al fin se hacían la pregunta sobre las causas la respuesta era siempre la demencia.

Tom se había negado a hablar con su hermano y con su padre y sólo aceptó recibir a su madre, la pianista polaca, como la llamaban los medios. Era una mujer decidida y valiente, que suscitaba el rechazo de todos los periodistas que comentaban el caso porque no se quejaba y decía lo que pensaba. No está loco, mi hijo, aunque sus actos sean incomprensibles. Quiero que lo juzguen y que lo escuchen antes de condenar sus acciones. Ella era la única que parecía comprenderlo y estar de su lado, y ésa era la prueba de que algo andaba mal, de modo que todos insinuaban que la verdadera culpable del estado de su hijo era esa pianista polaca, excéntrica y descolocada. Al salir de las visitas la madre no se detenía y sólo una vez enfrentó a un reportero de la NBC que había llamado a Munk el monstruo de la selva.

—¿Usted lo conoce? ¿Habló con él?

—Me alcanza con sus actos.

Y la respuesta de ella no se oyó por los gritos hostiles de los curiosos que la insultaban con odio.

Lo visitó todos los días pero al final capituló, y temiendo que su hijo fuera condenado a la pena de muerte también ella firmó la declaración de insania. Desde ese momento su hijo ya no quiso hablarle más ni recibirla. Munk no quería traicio-

nar sus principios para salvar su vida. Tenía el derecho consti-
tucional de defenderse a sí mismo, salvo que estuviera loco, y
su hermano estaba litigando para que lo consideraran incapaz
de encarar su propia defensa.

Al fondo, fuera del círculo de periodistas, abogados y curiosos dispuestos a insultarlo y a saludar a las cámaras, había un
pequeño grupo de activistas que realizaban una marcha contra la pena de muerte frente al tribunal. Pedían un juicio político a Munk y no un juicio criminal. Levantaban carteles con
su cara de joven universitario donde habían escrito *Bush es el
criminal*. Un manifestante solitario, aparte de todos, levantaba un cartel donde había escrito *Munk marca el camino*. Fue
el primero al que la policía se llevó a la rastra hacia los camiones.

A principios de agosto iban a trasladar a Munk a Sacramento y comenzarían las preliminares del juicio. El fiscal
comenzó los alegatos y la opinión pública estuvo de acuerdo
con las acusaciones, pero el fantasma de la pena de muerte
que circulaba en el ambiente agravó el debate.

En *The Nation* uno de los psicoanalistas que había sido
convocado por el tribunal, dijo de Thomas Munk y sus opiniones: «*That is not only fascinating but illuminating and
persuasive. Terrorists use ideas to justify appalling acts of vio-
lence but ideas alone do not create terrorists. Munk emerges
not as a clinically insane person but as a brilliantly twisted,
deluded, enraged, and evil man. The specialist shows how tech-
nological society is partly, but not wholly, to blame for the
creation of a Munk*». Un eminente jurista, el doctor Hamil-
ton Jr., entrevistado en *The Village Voice*, afirmó que las razones de Munk estaban muy bien fundamentadas. «Se trata de
argumentos lógicos, claros y sólidos. He conocido en estos
días al hombre personalmente y en ninguno de nuestros con-

tactos y de nuestros procedimientos mostró señales de enfermedad mental. Es un individuo lúcido, racional y amable. Ahora, ciertamente sus argumentos no son compatibles con los asesinatos que cometió, pero es importante darse cuenta de que hay muchos casos en que una persona puede decir: "Sí, existe una base ética justificada para matar". Los gobiernos están, de hecho, argumentando que el asesinato es justificable cuando se inicia una guerra. En su *Manifiesto* y en sus explicaciones míster Munk está de hecho haciendo lo mismo. Pero ¿puede un individuo levantarse contra el Estado?»

—El Estado, sí, el Estado —dijo Nina—. No lo hubieran descubierto de no ser por la traición de su hermano. ¿No es increíble?

Estábamos sentados esa tarde en el salón de su casa, hacía calor afuera y había encendido el aire acondicionado. Los peces nadaban en la pecera circular y ella me miró con sus tranquilos ojos azules.

¿La traición puede ser elogiada? Preferiría verlo muerto antes de saber que era el traidor de su hermano, había dicho la madre. Estaba bien. Nada justificaba la delación. ¿Nada justificaba la delación?, preguntó Nina, y después recitó en voz baja los versos de Anna Ajmátova:

El enemigo torturaba. «¡Vamos, cuenta!»
Pero ni una palabra, ni un gemido, ni un grito
Oyó el enemigo de ella.

Como sus víctimas, Munk había logrado sustituir sus sentimientos por sus ideas, su compasión por sus convicciones. Como ellos, no robaba, no secuestraba, no pedía dinero. Los consideraba una función del sistema, individuos que estaban llevando adelante una tarea destinada a destruir todo lo que era humano en la sociedad. Como ellos, él esperaba que lo incomprensible encontrara su sentido en el futuro. ¿Había un sentido? Sí, porque había un orden, pero había que ser muy despiadado para descubrirlo en medio de la confusión general.

—Para entenderlo, habría que poder conversar con él —dijo Nina. Conversar, había dicho, como si fuera un amigo a quien pedirle explicaciones—. Hablar con ese hombre —dijo después.

Me levanté para irme. Nina pensaba pasar el verano en Europa, donde vivía una de sus hijas.

—Te voy a extrañar, querido —dijo.

Nos despedimos en el jardín de su casa, que era lindero con el jardín de mi propia casa, así que crucé el cerco y subí al escritorio y desde la ventana, una vez más, la vi recorrer las plantas florecidas (tulipanes, azaleas, campanillas azules) que habían sobrevivido al invierno gracias a ella.

Yo tenía que conocer a Munk, ¿sería posible? Pasé un par de semanas dando vueltas al asunto hasta que un día, a mediados de julio, encontré el argumento que justificaría mi visita a la prisión.

CAPÍTULO DIEZ

El calor había convertido el pueblo en un desierto; los estudiantes habían desaparecido, las secretarias sólo atendían a la mañana, la biblioteca no abría por la noche. Nina ya había emprendido su viaje a tierras más frescas. Yo me ocupaba de su casa, le regaba las plantas, abría las ventanas a la noche para refrescar las habitaciones y le daba de comer a los peces que nadaban estúpidamente en la pecera circular.

Orión persistía en sus recorridos circulares (el estacionamiento de Blue Point, la entrada de carga del Davidson's Market, el banco de madera bajo los árboles, la vieja sala de espera del Dinky); andaba con su radiograbador encendido, vestido con su impermeable blanco y una bufanda porque el calor no era nunca suficiente para sus huesos helados. Me saludaba desde lejos cada vez que yo cruzaba por el campus para ir a la oficina.

Me había quedado solo y en esa soledad tenía que tomar varias decisiones: a fin de mes debía dejar la casa del profesor Hubert, empaquetar mis cosas, decidir si volvía a Buenos Aires o aceptaba la propuesta de pasar un semestre en Berkeley.

Había hablado un par de veces con ellos por teléfono y había preparado una conferencia, un *job talk* en realidad, sobre el uso del condicional contrafáctico en las formas breves, y me preparaba para viajar a California sin saber muy bien qué iba a hacer después. Mientras, dejaba pasar el tiempo, salía a caminar y buscaba sitios frescos en los parques arbolados del barrio o me dejaba estar en lugares más neutros, el supermercado se mantenía helado y vacío y uno podía moverse por los pasillos muy iluminados, llenar el carro y esperar frente a las cajas registradoras hasta que aparecía el único empleado, casi siempre un dominicano o un paquistaní, que salía de los fondos, tras una cortina de tiras de plástico transparente. De vez en cuando alquilaba una película en el video de la Public Library o me sentaba a tomar un café en el Small World. Elizabeth venía cada tanto a visitarme porque yo ya no iba a Nueva York, la ciudad me perturbaba con sus calles atestadas de autos y de gatos vagabundos.

Me sentía inquieto y pasaba la mayor parte del tiempo fuera de casa. Así que rondaba por las calles y me encerraba en la oficina de la universidad con las ventanas cerradas. Me gustaba caminar por el edificio vacío, con las luces que se encendían automáticamente cuando cruzaba los pasillos bajo la frescura amplia del aire acondicionado. Llegaba ahí a media mañana y me quedaba hasta la noche, sin hacer nada, dejando pasar el tiempo, iba hasta la pequeña cocina del *lounge* a prepararme un café y a comer las nueces y las almendras que habían sobrado en los *parties*. Durante varios días me alimenté a nueces y café.

La oficina estaba casi vacía porque había devuelto los libros a la biblioteca y en los estantes no había otra cosa que viejos avisos de simposios y congresos, circulares, folletos de la Modern Language Association, catálogos de las editoriales universitarias, una revista *(New German Critique)* a la que había estado suscripto el que ocupó el lugar en el pasado, tres o cuatro libros de literatura alemana y varios diccionarios. Había también archivadores repletos de exámenes viejos, de proyectos de tesis, de expedientes, de fotocopias de artículos que ya nadie leía, de resúmenes de cursos. Años y años de trabajo acumulado en esa oficina que habían ocupado antes que yo varias generaciones de profesores de literatura. Hasta que una tarde cuando estaba por irme, al apagar la luz alta, el resplandor del foco del pasillo se reflejó en la cubierta roja y en el óvalo amarillo de la edición de Penguin Classics de la novela de Joseph Conrad *The Secret Agent.* Había estado ahí, invisible de tan nítida en un estante bajo, y no la habría visto si no hubiera sido por la milimétrica conjunción que permitió el reflejo de luz en el brillo de la tapa. Ida lo había usado en su seminario y me lo había dejado aquella noche fatídica.

¿Por qué me había dejado el libro? Daba vueltas al asunto mientras comía nerviosamente unas nueces y de pronto recordé la vez que Ida compró en un negocio orgánico del Village doscientos gramos de Caribbean Mix, una mezcla de almendras, nueces, frutas secas y pasas de uva.

Los recuerdos no tienen orden y muchas veces llegan para distraernos de lo que queremos pensar. La memoria inesperada me importa poco, la considero un defecto de fábrica, un error de diseño. El flujo absurdo de recuerdos olvidados turba el alma y nos distrae de nuestras verdaderas obsesiones. Sí, habíamos comido almendras y nueces mientras estábamos en la cama aquel fin de semana en Nueva York. Pero yo quería reconstruir el momento en el que Ida, en medio del pasillo, con la correspondencia en la mano izquierda, su bolso en el hombro y varios papeles en la mano derecha, giró hacia mí al verme aparecer, con una curiosa expresión de alegría y también de contrariedad.

Quizá quería decirme algo sobre el libro, pero yo la interrumpí con la inminencia de la cita de la noche siguiente (Hotel Hyatt). Oh, la urgencia de la pasión, se vive siempre en presente. Me pidió que le sostuviera los papeles mientras buscaba un lápiz ¿para qué? No me acuerdo, sólo recuerdo su gesto de buscar en el bolso y, luego, sonreír y decirme que sí, claro, pero que tenía que irse ya mismo. ¿Y para qué había salido yo de la reunión?, preguntó. (Fue para darle el número de la habitación que había reservado en el hotel, me acuerdo ahora.) Se alejó por el pasillo hacia el ascensor y me quedé ahí con la novela de Conrad y unos folletos en la mano. No parecía haber una intención deliberada, pero los hechos trágicos vuelven significativo cualquier detalle. En la contratapa del libro estaba el número del curso que dictaba ese semestre (COMP. 555) y los papeles eran comunicados inútiles del *dean of the faculty* o recomendaciones de los boy scouts de turno sobre los peligros del *sexual harassment* («Nunca cierre la puerta de su oficina al recibir a los alumnos o alumnas. No se cite con alumnos o alumnas por motivos personales. No los llame por su nombre de pila.») Ida había enseñado *El agente secreto* en la primera quincena de marzo, el jueves 7, una semana antes del día terrible y atroz. Era un signo, era una señal, cada uno encuentra su oráculo en la encrucijada del camino que le toca.

Yo había leído esa novela hacía muchos años, pero ahora fueron las señales de Ida las que me llevaron a leerla con pasión, como quien sigue en un mapa nuevos recorridos de una ciudad que ya conoce. Subrayada por ella, parecía otra novela, y parecía también un mensaje personal. Ida marcaba con precisión y con método las zonas del libro que le parecían significativas. No había nada especial en eso, usaba señas privadas, pequeñas marcas, signos leves, por ejemplo una «v» acostada (>) o un signo de admiración (!), y en caso de interés especial escribía «ojo» con minúscula y varias rayitas verticales en el párrafo que no quería olvidar. Llaves que encerraban frases, flechas, líneas medio onduladas o rayas muy rectas (como si las hiciera con un tiralíneas), eran pistas, rastros, y fui siguiendo las marcas ¡como si estuviera leyendo con ella!

A veces me desorientaba y perdía el rumbo, me extraviaba en medio de la página, con recuerdos que me interrumpían y me distraían o con imágenes que viboreaban vívidas. En el dormitorio de mi casa, en el barrio de Congreso, imaginé a Junior tirado en la cama, desnudo (pero con anteojos), que revisaba divertido el subrayado de mis libros (o mi subrayado en los libros). «Pero mira este gil lo que subraya... Espera, te leo», decía mientras Clara, con el cuerpo tendido en un grácil arco griego, se pintaba las uñas de los pies, pedacitos de algodón entre los dedos, olor a acetona... ¡Sentí ese aroma íntimo!, una magdalena malvada que me distraía de los trazos a lápiz (nunca se subraya un libro con tinta) que había dejado ella para mí, mi Ariadna. La sintaxis es lo primero que se resiente cuando uno recuerda y yo leía a los saltos —sin articulaciones gramaticales— el mensaje de Ida. Pero ¿era un mensaje? Había páginas en las que no había marcas. Todos hacemos lo mismo cuando estamos tomando notas en un libro, para luego —al releerlo— seguir las pistas: ¡y eso es lo que hice! Seguí las marcas de Ida como los carteles fosforescentes de una autopista (*Last Exit to Holland Tunnel*) hasta que de a poco me fui dando cuenta de que los subrayados señalaban *algo*.

No era de las que subrayan al boleo, con trazos gruesos, cualquier cosa que les hubiera gustado escribir, más bien ella tejía, con sus señas, un relato secreto, en voz baja, pequeños indicios, como un suave susurro que acompañaba las letras mudas, y yo volvía a escuchar otra vez su ronca voz procaz en mis oídos, su cara luminosa contra la almohada, ese tipo de recuerdos. A veces subrayaba una palabra, *dynamite,* por ejemplo, y páginas después la palabra *cool.* Es fácil reconocer el alma de una mujer en su manera de marcar un libro (atenta, minuciosa, personal, provocadora), porque si uno ama a una persona, hasta las discretas señales que deja en un libro se parecen a ella.

Guiada por Ida, la novela de Conrad revelaba una intriga a la vez evidente y subterránea. Un anarquista en Londres decide dinamitar el uso horario de Greenwich para llamar la atención de los poderosos y despertar a los sumergidos y explotados. (En la Comuna de París, los obreros insurrectos destruyeron a tiros todos los relojes de la ciudad.) El atentado fracasa pero la novela se desvía hacia el personaje central (que sin embargo es secundario en el libro), el Profesor. Un revolucionario profesional que había abandonado una deslumbrante carrera académica para unirse a un grupo anarquista y dirigirlo en sus acciones. Ida lo convertía en el centro de interés: *La convicción* (había escrito con su letra de pájaro en el blanco superior de la página).

El profesor carecía de la virtud social de la resignación: no se sometía al imperativo de *lo dado* (subrayado por mí), era un rebelde, estaba al servicio de la Idea y la Causa. Vivía en la subversión de los valores, como el eremita vive en sus visiones místicas, y había hecho de su aislamiento la condición de la eficacia política. «Tengo el coraje de trabajar solo, muy solo, absolutamente solo. He trabajado solo durante años.» Esas palabras estaban subrayadas con una línea ondulada (como si ella se hubiera sobresaltado al leerlas o hubiera estado subrayando en un inquieto vagón de un tren de la New Jersey Transit).

these institutions which must be swept away before the (F.P.) comes along?'

Mr Verloc said nothing. He was afraid to open his lips lest a groan should escape him.

'This is what you should try for. An attempt upon a crowned head or on a president is sensational enough in a way, but not so much as it used to be. It has entered into the general conception of the existence of all chiefs of state. It's almost conventional – especially since so many presidents have been assassinated. Now let us take an outrage upon – say, a church. Horrible enough at first sight, no doubt, and yet not so effective as a person of an ordinary mind might think. No matter how revolutionary and anarchist in inception, there would be fools enough to give such an outrage the character of a religious manifestation. And that would detract from the especial alarming significance we wish to give to the act. A murderous attempt on a restaurant or a theatre would suffer in the same way from the suggestion of non-political passion; the exasperation of a hungry man, an act of social revenge. All this is used up; it is no longer instructive as an object lesson in revolutionary anarchism. Every newspaper has ready made phrases to explain such manifestations away. I am about to give you the philosophy of bomb throwing from my point of view; — from the point of view you pretend to have been serving for the last eleven years. I will try not to talk above your head. The sensibilities of the class you are attacking are soon blunted. Property seems to them an indestructible thing. You can't count upon their emotions either of pity or fear for very long. A bomb outrage to have any influence on public opinion now must go beyond the intention of vengeance or terrorism. It must be purely destructive. It must be that, and only that, beyond the faintest suspicion of any other object. You anarchists should make it clear that you are perfectly determined to make a clean sweep of the whole social creation. But how to get that appallingly absurd notion into the heads of the middle classes so that there should be no mistake? That's the question. By directing your blows at something outside the ordinary passions of humanity is the answer. Of course, there is art. A bomb in the National Gallery would make some noise. But it

35

Luego, más adelante, otra vez el mismo subrayado hacía ver la teoría que sostenía la acción directa; no había que proponer una futura sociedad perfecta, no había que contemporizar con las esperanzas de las almas bellas; los pobres, los humillados y los tristes no eran el pretexto de acción de los que quieren ser comprendidos —y aceptados— por el sistema; no había nada que pedir, había que atacar directamente el centro de poder con un mensaje nítido y enigmático. «Nadie puede decir qué forma podría asumir en el futuro la organización social. Por qué complacerse entonces en fantasías proféticas.»

Recuerdo que dejé el libro de lado y salí a caminar por los pasillos vacíos del edificio, como un sonámbulo. Los fragmentos desarticulados que Ida iba enlazando en la novela formaban un tejido que dejaban ver —a trasluz— la figura de Munk; no la verdad, sólo la conexión entre dos incógnitas que, puestas una junto a la otra, producían una revelación. ¡Me entregó el libro antes de ser asesinada! ¿Era un aviso? ¿Entonces ella sabía? ¿Estaba en peligro?

No quedaban ya nueces, así que volví a comer galletitas secas, dinamarquesas, cuadradas, que parecían hechas de cartón. Comprendí lo que Ida estaba *señalando:* era una telaraña, una red, el hilo de Ariadna; entonces fui aislando las frases subrayadas.

Los atentados contra personajes políticos son previsibles y forman parte de los objetivos habituales de la violencia revolucionaria. Ya no escandalizan a nadie, son las reglas del juego, se han convertido en actos casi naturales, sobre todo después de la estruendosa muerte de sucesivos líderes, príncipes y magistrados.

Ahora consideremos otra clase de atentados, por ejemplo contra un templo o una iglesia. Por subversiva o política que haya sido su intención, de inmediato le darían el carácter de una clara manifestación de odio antirreligioso. Y esa explicación atenuaría el significado alarmante y sin razón aparente que queremos darle a nuestros actos.

Un atentado criminal contra un restaurante o contra un teatro sería explicado igualmente por una pasión no política; sería presentado como el rencor exasperado de un hombre sin trabajo o como el acto de resentimiento social de un extraviado que busca vengarse de un agravio secreto. La sociedad se tranquilizaría de inmediato: «Oh, es el odio de clase», o dirían: «Oh, es consecuencia del fanatismo religioso». Hay que evitar que le encuentren un sentido a nuestros ataques.

Lo anterior está gastado, ya no sirve, no es instructivo. La sociedad tiene su archivo de causalidades rencorosas para explicar las acciones revolucionarias. Nosotros en cambio debemos buscar el acto puro, que no se comprende ni se explica y provoca la estupefacción y la anomia.

Debemos intentar una acción que conmueva el sentido común y exceda la explicación estereotipada de los periódicos. Debemos evitar que la sociedad pueda explicar lo que hacemos. Debemos realizar un acto enigmático, inexplicable, casi impensable. Nuestras acciones deben ser a la vez incomprensibles y racionales.

Señores, nuestro objetivo político debe ser el conocimiento científico; sobre ese conocimiento se sostiene la estructura del poder.

Así, en esta época brutal y ruidosa, seremos por fin escuchados.

Todos creen hoy en la ciencia; misteriosamente creen que las matemáticas y la técnica son el origen del bienestar y de la prosperidad material. Ésa es la religión moderna.

Atacar el fundamento de la creencia social general es la política revolucionaria de nuestra época. Nos convertiremos en rebeldes como Prometeo y en verdaderos hombres de acción cuando seamos capaces de arrojar nuestras bombas incendiarias contra las matemáticas y la ciencia.

Fue Thomas Munk quien llevó a cabo este credo. ¿No es notable que una serie de acontecimientos y el carácter de un individuo concreto se puedan describir transcribiendo el fragmento de una obra literaria? No era la realidad la que permitía comprender una novela, era una novela la que daba a entender una realidad que durante años había sido incomprensible.

Hay algo solitario y perverso en la abstracción de la lectura de libros y en este caso se había transformado en un plan de vida.

Me hacía acordar a los lectores del I Ching que deciden sus acciones a partir del libro. Como si Munk hubiera encontrado en la literatura un camino y un personaje para definir su acción clandestina. Un lector de novelas que busca el sentido en la literatura y la realiza en su propia vida. Bovarismo era el término para designar el poder que tiene el hombre para concebirse otro del que es y crearse una personalidad imaginaria. El término viene de Emma Bovary, el personaje de la novela de Flaubert. Jules de Gaultier (*Le bovarysme*, 1906) amplió el significado, aplicándolo a las ilusiones que los individuos se forjan sobre ellos mismos. En una sociedad que controla lo imaginario e impone el criterio de realidad como norma, el bovarismo debería propagarse para fortalecer al hombre y salvaguardar sus ilusiones.

Mis viejos amigos en Buenos Aires habían hecho lo mismo: leían *Guerra de guerrilla, un método,* de Ernesto Che Guevara, y se alzaban al monte. Leían *¿Qué hacer?* de Vladímir Ílich Uliánov, Lenin, y fundaban el partido del proletariado; leían los *Cuadernos de la cárcel* de Gramsci y se hacían peronistas. Leían las *Obras* de Mao Tse-tung e inmediatamente anunciaban el comienzo de la guerra popular prolongada.

Pero Munk era todavía más radical. En el páramo del mundo contemporáneo, sin ilusión y sin esperanzas, donde ya no hay ficciones sociales poderosas ni alternativas al statu quo, había optado —como Alonso Quijano— por creer en la ficción. Era una suerte de Quijote que primero lee furiosa e hipnóticamente las novelas y luego sale a vivirlas. Pero era incluso más radical, porque sus acciones no eran sólo palabras, como en el *Quijote* (y además Cervantes había tomado la precaución de que no matara a nadie, el pobre cristo), sino que se habían convertido en acontecimientos reales.

En *Bajo la mirada de Occidente* de Conrad, Razumov, el agente doble, un verdadero personaje kafkiano, escucha a una heroica revolucionaria rusa exiliada que le dice: «Recuerde, Razumov, que las mujeres, los niños y los revolucionarios odian la ironía, que es la negación de todos los instintos redentores, de toda fe, de toda devoción, de toda acción». ¿Leía *seriamente* la ficción?

La decisión de cambiar de vida: ése es el gran tema de Conrad. En *Lord Jim,* el héroe que en un momento de cobardía ha saltado de su barco a punto de naufragar, decide modificar el pasado y convertirse en un hombre valiente, igual a Jay Gatsby, que compra una mansión en la bahía frente al mar y hace fiestas para seducir a la muchacha que años antes lo había abandonado. Cambiar el pasado, convertirse en otro, dejar de ser un catedrático y transformarse en un hombre de acción. Como Kurtz en *El corazón de las tinieblas,* el intelectual, lector de Nietzsche, que construye a pura voluntad despótica un imperio de la nada en el tenebroso paisaje del Congo: el imperio del mal.

Salí a la calle tan excitado que me acerqué a Orión y empecé a contarle lo que había descubierto. Estábamos en el banco,

bajo los árboles. Él se movía incesantemente, quizá lo pica-
ban las chinches, quizá tenía él también una inquietud conra-
diana, ¿quién era él, después de todo? Mi único amigo en el
destierro. Me escuchó resignado y atento (si bien de vez en
cuando encendía la radio, que sonaba altísima con las noticias
y el estado del tiempo), hasta que de pronto, en voz baja, me
dijo con frases muy bien hilvanadas, junto con otras palabras
confusas y desperdigadas, «hay que despistar a la policía».

Pasé varios días dando vueltas con los libros de Conrad, pero
en lugar de escribir un ensayo me decidí a actuar y hablé con
Parker. Efectivamente, me dijo, Munk le dijo a su familia en
1984 que había leído la novela de Conrad una docena de veces
a lo largo de los años. El FBI, por su parte, había comprobado que Thomas Munk se había registrado varias veces en los
hoteles que usaba como base para sus atentados como Conrad o Konrad, y también había firmado Kurtz, y en Missouri
se había inscripto como Marlow. Por otro lado se había comprobado que las iniciales de las bombas (FC) se parecían a la
firma (FP) de las bombas de la novela.

El doctor David Horn, profesor de literatura en Harvard especialista en literatura forense, al examinar los documentos
para el juicio en preparación había declarado *«his evident use
of fiction to help him make sense of his life»*. Según Horn, apa-
rentemente se imaginaba a sí mismo como el personaje —*character*— en una gran historia. *The printed word was his uni-
verse.*

Había actuado imaginando que nadie iba a advertir las relaciones entre ese libro y su vida. Por eso, para mí, la clave era

que Ida lo había descubierto al leer a Conrad porque ya *cono-cía* a Thomas Munk. ¿Qué relación habían tenido? ¿Ella lo sabía? ¿Lo había adivinado? Sólo si había conocido a Thomas Munk y había seguido su trayectoria, podía haber descubierto en la novela las huellas de Tom. ¿Se habían conocido durante sus años en Berkeley, ella como estudiante graduada y él como profesor? Muy posible, dijo Parker. No había datos claros en los archivos del FBI, sólo la coincidencia de fechas. ¿Y por qué no habían postulado una hipótesis sobre la muerte de Ida? Si quería encontrar una respuesta tenía que ir a California y entrevistar a Thomas Munk.

Estábamos en agosto, en septiembre tenía que dar la conferencia en Berkeley. Munk había sido trasladado a Sacramento para las preparatorias del juicio, sus visitantes eran amigos, admiradores o personas que colaboraban con su defensa. Parker se ofreció a ayudar, podía darme un carné de la agencia y una carta donde señalaba que yo estaba investigando la muerte de Ida a pedido de sus familiares. No era nada, una credencial con mi nombre y mi foto, la dirección de Ace Agency y el número de mi Social Security.

IV
Las manos en el fuego

CAPÍTULO ONCE

1

Dos días después tomé un vuelo de TWA desde Newark a San Francisco; llegué temprano a la mañana y alquilé un auto en el aeropuerto. Salí hacia el norte por la Route 101, pasé por unas colinas amarillentas y crucé un barrio de casas iguales hechas de material prefabricado; la legendaria cantante folk Malvina Reynolds cantaba sobre esos condominios de los suburbios: *«little boxes» of different colors «all made out of ticky-tacky, and which all look just the same»*. Oh, Clara, a ella le gustaba esa música, Joan Baez, Peter Seeger y Malvina Reynolds. Y el canalla de Junior debe estar escuchando ahora mis discos. Dos camionetas pasaron a toda velocidad, pintadas con colores psicodélicos y con música a todo volumen: eran dos bandas de garaje rock con las groupies y los plomos y los carteles anunciando los conciertos. El tráfico se desplazaba rápido y era moderado pero confuso. Era martes y todos parecían ir a la playa, llevaban botes y tablas de surf en el techo o conducían arrastrando lanchas con motor fuera de borda.

A un costado se veían casas más lujosas y el largo perímetro del parque de una gran compañía de computación. No era una fábrica, era un laboratorio de cristal diseñado como una gran tabla de surf giratoria. Era como Silicon Valley, donde se tejían negocios por millones de dólares y los ejecutivos andaban en bermudas y sandalias franciscanas. Mientras, yo iba con mi Chevy alquilado por la carretera, en medio de la neblina clara de la bahía, derrochando el poco dinero que había logrado juntar después de mi temporada académica. Lo estaba tirando por la ventana a pesar de que había decidido usarlo para encerrarme en un hotel durante meses y terminar el libro que estaba escribiendo. ¿Qué libro era? Ya no me acordaba y tampoco sabía que el libro que iba a escribir era este que entonces estaba viviendo.

Crucé el Bay Bridge por la Route 80 y a las pocas millas, luego de doblar hacia el norte, ya estuve en Berkeley. Sol, chicas en la calle, bullicio en las mesas de las aceras, viejos hippies con coleta vendiendo chucherías en las ferias ambulantes. Mucho tatuaje, mucho travesti, muchos turistas.

Parker me había dado dos direcciones por si andaba con problemas o necesitaba ayuda. Una era la de Sam Carrington, un vendedor de autos que se dedicaba a pagar la fianza de los malandras que no tenían dinero para conseguir la libertad provisional; los convictos lo ayudaban después en trabajos que Parker no me quiso explicar. La otra era la de una cantinera (así la llamó) de un bar de Telegraph Avenue, una mujer gorda y ruidosa, llamada Fatty Flannagan, que sabía todo sobre Berkeley y sus alrededores. Había sido una actriz conocida en los años cincuenta o eso decían las fotos y los afiches que adornaban el local donde se la veía en comedias sentimentales de Doris Day y Audrey Hepburn. Ella fue la que me indicó cómo llegar a Sacramento y me dio varias informaciones útiles («No hables en español si quieres que te tomen en serio; no te acerques a los yonquis ni a los policías; no saques dinero de los cajeros ni andes con cash en el bolsillo»).

A unas pocas cuadras del bar sobre Shattuck Avenue estaba el French Hotel: en la recepción dije que venía de parte de Fatty, así que me dieron una habitación cómoda y tranquila y sólo anotaron el número de mi Social Security y le sacaron una fotocopia a mi carné de conducir.

Traía la dirección de la última casa donde había vivido Ida, en una calle con varios edificios bajos cerca de la San Pablo Avenue, a una cuadra del Viejo Mercado, donde se vendía de todo un poco y, según parece, también se traficaba con crack y otros frutos prohibidos.

Habían pasado tantos años desde que Ida ya no vivía ahí, que anduve dando vueltas por la zona sin decidirme a preguntar por ella, hasta que me pareció mejor buscar la US Post Office del lugar, un edificio en el 2000 de Allston Way (entre Harold Way y Milvia Street) con arcadas de remoto estilo español, frente a una plaza donde varios jóvenes en bermudas y capa de lluvia con capucha conversaban en círculo. Las ventanillas del correo no estaban habilitadas, salvo una al costado, y ahí me atendió un hombre con cara de mono y una visera de mica verde como las que usan los crupiers y coderas de tela blanca en las mangas del saco. Le dije que era detective privado y que había sido contratado por los familiares de la profesora Ida Brown, que había muerto en un accidente en New Jersey; ella había vivido aquí en sus años de estudiante graduada. Me escuchó sin decir nada y fue a buscar a otro hombre parecido a él, también con visera y coderas blancas, pero esta vez era un negro, con acento haitiano. Le pregunté si Ida había dejado alguna dirección para que le reenviaran la correspondencia. El hombre anotó el nombre de Ida y volvió al rato diciendo que efectivamente ella había alquilado una casilla de correo para que le reenviaran la correspondencia que pudiera llegar a su antiguo domicilio. Había autorizado a una persona a retirar las cartas. Después de un leve tironeo —y de cincuenta dólares puestos bajo un secante— aceptó darme la dirección de la apoderada que había asignado Ida, la profesora Ellen McGregor. *I didn't sculpt off you, man* (Yo no le esculpí nada, *man*), sonaba lo que dijo.

Crucé el campus por el norte y subí hacia las colinas y salí a un barrio de casas grandes, de estuco blanco y madera, con grandes terrazas florecidas. Recorrí varias calles serpenteantes —Tamalpais, Rose, La Cruz— hasta dar con Grizzly Peak en lo alto de la loma. La profesora McGregor, según pude comprobar en el buzón de la entrada, vivía en la planta baja de una casa de altos, pintada de azul en un estilo vagamente mexicano. Era una mujer delgada, de pelo blanco y ojos celestes, vestida con una solera floreada y sandalias de cuero. Parecía no estar muy entretenida, así que me recibió con amabilidad y me hizo pasar luego de mirar con cierta ironía mi credencial. Es el primer detective que conozco, me dijo, pensé que ya no existían. En las novelas suelen ser más altos que usted, agregó. Estamos en baja, le dije, el negocio ya no es el que era.

Profesora jubilada de literatura comparada, McGregor había sido el *second reader* de la tesis de Ida. La recordaba y la quería e hizo un gesto con un pañuelo de papel, como si se secara una lágrima en el ojo derecho. Nos sentamos en los sillones de la terraza a tomar agua helada con menta y ella quiso saber más del asunto. Murió en un accidente muy raro, le dije, algunos piensan que pudo haber sido un atentado. Quizá encontremos algo que nos ayude a dilucidar la cuestión. Efectivamente, ella retiraba la correspondencia de Ida pero desde hacía años ya no recibía nada, salvo folletos de la MLA y circulares de las universidades de la zona. Me parece que enseguida se dio cuenta de que mis intereses eran personales. ¿Cree que la mataron?, preguntó. Vaya uno a saber, dije yo, hay varias hipótesis. ¿Y cuál es la suya? Le mostré el libro de Conrad. Lo revisó con rápida mirada de experta y pensé que había reconocido el modo de subrayar de Ida. ¿Y entonces?, dijo. Tal vez estuvo conectada con Thomas Munk. Me miró sorprendida. *Oh, my God*, dijo, y prendió un cigarrillo. Cuando ella estudiaba aquí, él era profesor en el Departamento de Matemáticas. ¿Usted no recuerda algún comentario de Ida sobre este amigo polaco? Bueno, Ida tenía muchos amigos, era una chica muy popular. Muy encantadora —me miró— si uno sabía tratarla. Muy independiente, un poco esnob, muy trabajadora. Resumen de director de tesis. En cuanto a su vida personal, dijo, era una chica de su época, promiscua y principista, muy radicalizada.

Entonces me dijo que Ida había dejado antes de irse algunas cosas en un guardamuebles y que nunca había pasado a retirarlas. Entró en la sala y volvió con la boleta del depósito y la autorización firmada por Ida. Ahí mismo hicimos una copia en el fax de su contestador telefónico y ella llamó al lugar para decir que alguien iba de su parte a revisar las pertenencias de Ida Brown. ¿Me avisará si hay novedades? Sí, claro, le dije.

El depósito estaba al oeste, en una zona de galpones, hangares y playas de estacionamiento subterráneo. Era un edificio de varios pisos y en cada piso estaban los muebles y los objetos que los residentes habían dejado antes de mudarse, escapar o morir. Tenía la forma de un embudo al que se ascendía por una escalera de cemento, y en cada planta había una serie de jaulas de alambre tejido, numeradas, en las que se amontonaban colchones enrollados, cuadros, bibliotecas, televisores, armarios, aspiradoras, ropa, valijas. Era como caminar por las ruinas de una ciudad abandonada. Ahí estaban los recuerdos perdidos de los fugitivos, los muertos en Vietnam y los jóvenes que habían dejado la universidad y se habían unido a las comunas de artesanos en los valles de la baja California. El que me acompañaba era un chino con aire distante que no parecía hablar inglés y me guiaba por los corredores con señas rápidas. Abrió por fin una de las celdas y se quedó conmigo aunque le dije que pensaba hacer un simple registro. Una bombita escuálida alumbraba el recinto cuadrado. Había una lámpara de pie, un ventilador y un baúl. El baúl estaba abierto y adentro se amontonaban carpetas con *syllabus* de los cursos, disquetes de back up de las viejas computadoras que ya no se podían leer, un número de la revista *Telos* dedicado a Ernst Bloch, una pipa de agua para fumar marihuana, una caja de condones, camisas hawaianas, y en el fondo una caja de cristal con papeles y sobres. Nada especial, facturas, formularios de impuestos, recetas médicas y algunas fotos sueltas: ella con otros jóvenes, ella en un baile, ella con los pechos desnudos en la playa, y por fin una foto donde Ida estaba en primer plano junto a un hombre de perfil, casi fuera de foco, que parecía salirse del cuadro. Era Thomas Munk, joven, con su borrosa cara de distraído. Atrás había una dirección escrita con birome. Me guardé la foto frente a la mirada impávida del chino, pero cuando llegamos a la planta baja se detuvo ante el portón y me mostró la palma de la mano, como un mendigo en Chinatown. Le di veinte dólares y me dejó salir pero antes me agarró del brazo.

—Anestesia es un lío —dijo en un inglés achinado e incomprensible. ¿Eso habría querido decir? Hice de cuenta que era un saludo y me alejé con una sonrisa.

2

Al fin de la tarde fui a la dirección al norte del campus anotada en el dorso de la foto. Según las indicaciones que me había dado Fatty (era otro de sus «contactos»), ahí vivía Hank, el Alemán, un fotógrafo que tenía un videoclub, el Black Jack, con carteles de películas en la vidriera. Había dos o tres jóvenes revisando los estantes con las cajas de los VHS.

Hank era un hombrón simpático, de pelo negro y barba negra, vestido con un guardapolvo blanco. Fumaba un cigarrito y parecía ser el único que escuchaba a Tom Waits en los altoparlantes porque los jóvenes estaban abstraídos como si fueran coleccionistas de piezas raras en un campamento arqueológico en Egipto. Una chica de pelo azul, descalza, con blusa abierta y minifalda, y un tatuaje japonés en el cuello, estaba parada frente a una foto de Hitchcock y trataba de comunicarse con su teléfono móvil. ¿El tráiler? ¿Está el tráiler?, insistía con voz enérgica.

Hank le hizo un gesto a la chica de pelo azul y ella ocupó su puesto atrás del mostrador. Subimos a un cuarto al final de una escalera que también daba a la calle. Hank había dejado la universidad y había abierto el video, que era un centro de reunión que concentraba lo mejor del Berkeley alternativo. No había terminado su doctorado y eso lo había convertido en un marginal, me dijo, no había querido ir a pelear a 'Nam y eso lo había convertido en un convicto. Había vivido exiliado en México y regresó en la época de Carter y ahora vivía en una semilegalidad aceptada por la policía. Tenía que salir a México o Canadá cada tres meses y eso le servía para renovar su visa de refugiado de las Naciones Unidas y su catálogo de VHS de películas extranjeras. Soy un norteamericano con permiso, pero legalmente soy un apátrida, decía con el orgullo de un ciudadano del futuro. Los que participaban en el grupo que se reunía en su local pagaban una mensualidad con la que Hank recibía una suerte de estipendio que le permitía sostener el videoclub y un bar en el que se podía comer comida californiana (es decir mexicana, decía él) y se podía tomar vino y cerveza. Había participado en el boicot al vino chileno en la época de Pinochet y seguía con esa política esperando que se muriera el tirano. Así que pedí una copa de Pinot grigio. Hank pidió una Corona y prendió otro de sus cigarrillos egipcios (¿serían egipcios?). Le dije que pensaba visitar a Tom Munk en la cárcel y estaba tratando de encontrar rastros de una posible relación entre Tom Munk y la profesora Ida Brown en los años en que habían coincidido en Berkeley. Le mostré la foto de Ida. Había virado al gris pero se veía bastante bien. Le parecía recordar a esa pollita, dijo mientras miraba a la joven Ida, una belleza luminosa que sonreía con aire misterioso. En cuanto a Munk, venía a menudo al local, le interesaba bastante el cine. Muy reservado, a veces se quedaba a tomar una cerveza pero hablaba poco. Los del FBI habían venido a verlo a Hank porque sabían que Thomas frecuentaba el local. Tom pasaba por aquí cada tanto, incluso en la época en la que estaba viviendo en los bosques de Montana. Un tipo solo que hace esos atentados me suena raro, dijo. Hay muchos grupos ecologistas que lo hubieran ayudado sin problema. Menéndez y sus perros guardianes quieren levantar un muro alrededor de este caso, aislar a Tom; ya sabe cómo son las cosas aquí, más de un individuo metido en algo así y hay que hablar de política. Aislado, lo convierten en un caso clínico. A pesar del FBI, la policía local piensa que los ecologistas más radicales deben haber colaborado con Tom, pero prefieren la historia del hombre solo. Hank me llevó a su laboratorio. La lámpara roja ensangrentaba el ambiente, rollos de películas sin revelar colgaban en el aire. Hank amplió la foto y la proyectó contra la pared. Con una linterna de luz cruda, me hizo ver la cara un poco distante y de perfil del joven que era Tom Munk. La prueba, según Hank, era la caja del video de *Johnny Guitar*. El western de Nicholas Ray que se veía en su mano. En el catálogo de préstamos la película aparecía retirada el 13 de junio de 1975 y devuelta el 15 de junio. Para entonces Munk ya había abandonado su cargo de profesor pero de cuando en cuando se dejaba caer por Berkeley, me dijo Hank. Se alojaba en el Hotel Durant y pasaba unos días, recuperándose de la soledad. Caía acá y estudiaba muy cuidadosamente el catálogo antes de elegir una película. Imagino que veía westerns porque le gustaba el modo en que estaba filmada la naturaleza del lugar donde él vivía. Y también porque era un romántico y admiraba a los héroes solitarios que enfrentaban ellos solos a los malvados de la sociedad.

Sabíamos que se había aislado, dijo, que estaba trabajando en un libro, nadie sabía en ese tiempo cuáles eran sus verdaderas actividades. Ida por su lado, le dije, en esa época ya estaba enseñando en La Jolla, es decir en la Universidad de California en San Diego, quizá venía a Berkeley a verlo. Hank dudaba de que hubiese actuado solo. ¿Y entonces Ida? Bueno, es verosímil imaginar que algunos se encargaban de enviar las cartas desde direcciones lejanas. Un trabajo en el que no tenían que estar al tanto de los objetivos. Muchas veces esos grupos están infiltrados por agentes encubiertos y no quieren blanquearlos y por eso no los denuncian públicamente, los matan de a uno donde los encuentran. La justicia cae sobre un único culpable y eso deja tranquila a la población porque demuestra que todo estaría perfecto si no fuera por algunos desequilibrados. Me gustaba ese cabrón, dijo Hank, era muy serio en sus cosas, muy observador. Le había llamado la atención que en *Johnny Guitar* apareciera un pistolero leyendo un libro. Parecía enfermo, el cowboy, quizá tuberculoso, porque tosía cadavéricamente mientras leía. Y usaba anteojos. «Cada vez que alguien en una película de Hollywood, aparece con anteojos quiere decir que es un malvado», había dicho Tom, se acordaba Hank.

Era cómico Munk, además, porque siempre decía la verdad. A veces en el bar le hacían preguntas indiscretas y él, con su aire sereno, las contestaba fielmente, aunque la verdad —como sucede a menudo— lo dejaba en ridículo. ¿Me acompañas?, le dijo una vez una chica. No, le contestó. ¿Por qué?, le dijo ella, ¿no te gusto? Sí, pero ya estuve con una chica hace un rato. No decía todo, sólo decía la verdad sobre lo que le preguntaban.

Cuando salí, la jovencita con la cresta azul seguía sentada en un taburete, ahora viendo otra película de Hitchcock (*Vértigo,* creo) en la pantalla colgada arriba, y fue ella quien me abrió la puerta para salir. Volví al hotel y me tiré boca arriba en la cama. Tenía cada vez menos ganas de dar esa charla para conseguir un trabajo en Berkeley. Me pareció que mi vida de *professor* estaba terminada, pero no podía imaginarme cuál iba a ser mi vida nueva. Estaba en eso cuando me quedé dormido, me desperté a la madrugada y el televisor seguía transmitiendo imágenes. Antes, por lo menos, cuando me despertaba en medio de la noche el aparato tiraba unas rayas blancas que corrían de arriba abajo con una crepitación incesante, como si fuera la señal de un enloquecido universo remoto.

3

Tenía que dejar la habitación a mediodía, así que hice el *check out* del hotel hacia las 11.00 am, cerré la cuenta y caminé unas cuadras por Telegraph hasta que me decidí por el Caffe Mediterraneum porque me pareció que ahí iba a poder desayunar decentemente sin tener que comer tocino con huevos fritos. Efectivamente, pude tomar un café doble con medialunas y estaba leyendo algo sobre Bush padre en el *San Francisco Chronicle* cuando vi aparecer a la chica del pelo azul, que pidió permiso y se sentó conmigo. Qué casualidad. No era casualidad, me había estado esperando a la salida del hotel y me siguió cuando vine a tomar el desayuno. Sabía que yo iba a Sacramento y quería un aventón. Era muy flaca, muy joven, remerita corta, ombligo al aire, piercings en la nariz. Es raro cómo hablas en inglés, me dijo, parece que estuvieras pensando en otra cosa.

Se llamaba Nancy Culler, estudiaba literatura comparada y estaba haciendo una tesis sobre *Los pájaros* de Hitchcock. Había partido de la *nouvelle* de Daphne du Maurier en la que está basado el film y sobre todo del guión de Evan Hunter, un gran novelista que firmaba sus libros policiales como Ed Mc-Bain, pero a medida que avanzaba en la investigación se decidió a cambiar de estrategia y le dijo a su *advisor* que, como tesis, iba a filmar un documental. Según ella, sería la primera disertación fílmica de la historia de los Estados Unidos. ¿Y qué pensaba filmar? Pájaros, dijo riéndose. Llevaba su cámara de video, muy liviana, una Sony DV, digital, la primera que vi, para decir la verdad. Quería registrar lo que estaba pasando en el área y a Munk detenido, quizá fuera a Montana a filmar los bosques. ¿No veía yo una relación entre el ataque irracional de los pájaros y las bombas de Munk? ¿No era la peli de Hitchcock un ejemplo de terrorismo ecológico? Los pájaros que atacan a los humanos idiotas... Ojo, porque la naturaleza va a reaccionar en cualquier momento y el mundo va a ser un infierno... Después de informarme con toda seriedad sobre sus objetivos académicos, terminó de comer sus cereales con yogur y se fumó un porro. Le parecía rarísimo que yo fuera argentino, las pampas, la Patagonia, los grandes espacios vacíos, ¿qué pensaba yo de las reservas naturales argentinas? Mientras íbamos hacia el auto ella me filmaba caminando al costado, con la cámara en la cara. Nunca iba a aparecer ella en la imagen, dijo, iba a ser el ojo de la cámara. ¿Qué me parecía el título «A vuelo de pájaro»?

Cruzamos el puente por la Route 80 para entrar en San Francisco y cuando estábamos cerca de Union Square me propuso que pasáramos por la Robinson's House of Pets, la tienda de mascotas que salía en la película de Hitchcock con el nombre de Davidson's. Estaba en Maiden Lane y era la más antigua pajarería de los Estados Unidos. En el principio de *Los pájaros*, la rubia adinerada y consentida que maneja un auto sport y se ha bañado desnuda en una fuente de Roma, entra en el local a buscar una cotorra y ahí encuentra al abogado que anda detrás de una pareja de tórtolos y al que ella le echa el ojo, o mejor dicho, según Nancy, se lo atraca directamente porque lo ve como a un supermacho, *one big dick,* etc.

Subimos al piso alto donde se exhibían las aves tropicales, especialidad de la casa. Aquí Tom Munk había comprado su loro y ahora Daisy estaba en exhibición en una jaula con un cartel: *El loro de Munk.*

Era una lora, en realidad, y estaba enojada; amarillo huevo y con las plumas espumosas, hundía su pico bajo el ala y cada tanto alzaba la cabeza, miraba con un solo ojo y gritaba: *«Go to the Hotel, Tom, go to the Hotel, Tom!».* Nancy la filmaba y después filmó el jaulón con los pichones de águilas. Van a cerrar a fin de año este lugar, es una pena. Cuando detuvieron a Tom, alguien, quizá el sheriff, devolvió la lora a la casa donde la había comprado. Iban a rematarla en subasta pública. Podríamos comprarla y llevársela a Munk, dijo ella. No era mala idea, pero tampoco sabía si iba a poder verlo y no quería andar con una lora por todos lados.

Salimos de San Francisco y en Oakland tomamos por fin la 80, que nos llevaba a la zona central de California. Se veían negocios al borde del camino y atrás, hasta donde alcanzaba la mirada, mucho campo sembrado. Veníamos escuchando una radio de Pasadena y ella se colgó con «Undone-The Sweater Song», de un grupo que acababa de editar su primer disco, eran los Weezer, me dijo. Rock alegre, ponían ruidos y sonido ambiente en medio de la canción y en primer plano se escuchaba una conversación entre el bajista y un amigo de la banda, me explicaba Nancy. El grupo se había disuelto y no se sabía si iban a seguir tocando juntos porque el líder, un tal Cuomo, se había ido a estudiar arte a Harvard. Todo muy pospunk, muy nerd, onda superintelectual, según ella. Había cientos de bandas en los garajes de California haciendo esa movida roquera a la manera de los Beach Boys, pero los tarados se separaron cuando habían empezado a llamar la atención. Ella por lo visto había sido una groupie de la banda porque enseguida me dijo que había pasado varios días de pasión en la cama con el tal Cuomo. «Lo nuestro fue amor, pero amor exprés», definió. Era imposible estar enamorada más de tres días, después, dijo, ya es una adicción... y ella prefería las que se podían comprar... Hablaba así, corto y epigramático, como si escribiera grafitis en la pared de la mente.

Escuchá, escuchá, me dijo, esto es «Only in Dreams», lo máximo máximo; la canción duraba muchísimo, dos guitarras y un bajo improvisaban una especie de soul-bayon. *The concept of «creating a buzz» was being thrown around* (traduzco mal, porque se pierde su tono de voz: el concepto de la banda es crear entusiasmo), gritaba Nancy sobre el larguísimo solo de la guitarra. Me hizo acordar al grupo Virus que tocaba en Buenos Aires en los ochenta, una especie de alegría lúcida y frenética. Iba a los conciertos porque un amigo escribía las letras de la banda. Ella me escuchaba con atención, pero sin interés. ¿Por qué virus? ¿Por qué ese nombre? ¿Por Burroughs?, preguntó. El lenguaje es un virus, ¿ese bardo?, era una chica moderna, hablaba con bloques de palabras, no con frases, y ella era la que se dejaba llevar por el entusiasmo. Era muy de la costa de California, la playa era todo, el surf, el sol, la música, la subidita con las pepas. Sacaba el cuerpo por la ventanilla y filmaba la nada y algún pajarito planeando. Abundan aquí porque es zona de siembra, me explicó. En los alambrados y en los postes de luz se veían muchísimos pájaros inmóviles que de pronto salían en lentas bandadas oscuras hacia el cielo azul. Por eso Hitchcock había venido a filmar la película a esta zona. En medio del campo se veían muchísimos espantapájaros, pero las aves no les hacían demasiado caso ni se asustaban al verlos, aterrizaban en la cabeza o en los brazos de los muñecos como si estuvieran ensayando un ataque kamikaze a los humanoides y sus familias.

Nos detuvimos varias veces para que ella bajara a filmar los cuervos o las nubes (y también para que orinara al costado del camino, la faldita levantada y sin bombacha). Cuando empezó a anochecer salimos de la autopista y entramos en Vacaville, un típico pueblo rural, con *saloons* y cobertizos para subir el ganado a los camiones jaula. Había varios Skoda detenidos, enormes como dinosaurios, con sus acoplados de culata en el estacionamiento del Motel La Roca, y ahí nos quedamos porque según ella donde paran los camiones, seguro el lugar está bien y hay mucha puta cerca.

Tomamos un cuarto juntos (para ahorrar, dijo ella) y al abrir la puerta ya se sacó la blusa y quedó con sus tetitas al aire. Se sentó en la cama y enchufó su computadora japonesa portátil al teléfono y se conectó. La perdí de vista durante casi una hora, navegaba en un buscador pirata que tenía conexión con los archivos de los actores que habían trabajado en las películas de Hitchcock. Los que habían sido niños en *The Birds* ahora eran vejetes jubilados que vivían en residencias geriátricas en California, y ella pensaba entrevistarlos para su tesis.

Tenía algo de chica cyberpunk, de niña hacker, y me mostró cómo se infiltraba en las compañías aéreas y bajaba dos pasajes en primera clase a Nueva York y luego de algunas operaciones complicadas hacía las reservas y pagaba con un número de cuenta robado que llevaba anotado —como un tatuaje— en la muñeca con tinta negra. No le hice muchas preguntas pero seguí su trabajo con una mezcla de admiración y asombro. Sabía que algunos estudiantes y muchos grupos under solían invadir las computadoras de las grandes compañías y usaban sus números privados de teléfono para llamadas de larga distancia, y se contaba que algunos —sobre todo los estudiantes de comunicación de Palo Alto— ya habían logrado sacar dinero de cuentas clasificadas en los grandes bancos, pero nunca había visto a nadie hacerlo en vivo. Cuando consiguió los dos pasajes San Francisco-Nueva York-San Francisco, se dio vuelta con la expresión de júbilo de alguien que ha ganado una medalla olímpica.

—Siempre viajo gratis —dijo, y se me acercó sonriendo.

Para ella, ir a la cama conmigo era como tomar un vaso de agua, mientras que para mí fue como subir a la montaña rusa.

Después pedimos cerveza y unas tortillas y fajitas, y nos sentamos a mirar televisión y a conversar. Me gustaba porque todo se lo tomaba en serio y quería saber qué quería yo preguntarle a Munk. ¿Podía ser que el cretino la hubiera matado también a Ida? ¿Por qué la iba a matar?, preguntaba ella. Se habían conocido en Berkeley y se habían seguido viendo y quizá ella estaba al tanto de las actividades de Munk, quizá no del todo pero era probable que él le hubiera contado algo. O tal vez ella colaboraba con él. Le gustaba más esa idea: la chica de armas llevar. Ahora bien, ¿por qué el FBI no estaba al tanto si tenía mucha información sobre ella? ¿Y por qué habían disociado la muerte de Ida de los otros atentados? ¿Quién había influido a quién? ¿Él le había dado a ella la radicalidad de su pensamiento, esa capacidad para avanzar más allá de los límites? ¿O había sido ella quien lo había llevado del ambientalismo abstracto y el ecologismo idiota a la violencia revolucionaria?

Mister Munk le ha hecho más daño que beneficio a la causa, dijo ella. La causa era la defensa de la naturaleza. Ella pensaba que él al final iba a ser empaquetado como un loco, un loquito suelto, tipo Oswald, y santo remedio. ¿No has visto, dijo de pronto, que el artista —Alfred Hitchcock, Patricia Highsmith—, como experto en las almas de una sociedad, ha sido sustituido por el psiquiatra? Hemos perdido la inocencia, dijo. Tenemos una necesidad morbosa de segu-

ridad. Antes eran los rusos y ¿ahora?, el peligro ¡está adentro!...
Mirá a Munk..., un genio dedicado a armar bombas caseras en
un bosque... Imagínate lo que viene..., todos los de mi generación vamos a ser tratados como delincuentes juveniles o terroristas potenciales... Miraba muy atenta la lumbre de su
joint, con las piernas cruzadas, de pronto se reía un poco y
después seguía con su tonito ceremonioso. No, no, seriamente, ¿te das cuenta?, nosotros surfeamos, surfeamos y los tibu-
rones van por abajo, y se empezó a reír otra vez...

Nos dormimos abrazados, con el aire acondicionado a
full. Ése fue el primer rumor que me ayudó a desvelarme.
Luego estaba el agua de las cañerías, también había gritos, perros que ladraban a lo lejos, también había voces, riñas, suspi-
ros de amor y, al fondo, la voz metálica de la televisión. Para
peor, la lámpara del pasillo estuvo siempre prendida y los rayos de luz pasaban por las celosías e iluminaban el cuarto con
un brillo blanco. Ella dormía hecha un ovillo y se apretaba
contra mi cuerpo y a veces abría los ojos y tardaba un rato en
reconocerme.

A la mañana siguiente, en el estacionamiento del motel la
estaba esperando en su Harley Davidson un flaco tatuado con
flores y pájaros, con vincha en las crenchas, bigote chino y
ropa de cuero, y Nancy siguió viaje con él.

4

Sacramento es una ciudad plana y geométrica, es la capital y
el centro administrativo del estado de California y me hacía
acordar a La Plata por su aire sereno y sus calles ordenadas
por letras. Era uno de esos centros reservados a la burocracia,
en el que abundan las oficinas y los ministerios. Al llegar dejé
el auto en el estacionamiento del primer hotel decente que

encontré. Me cambié de ropa y fui caminando hacia la zona de la prisión estatal. En las calles se veía un movimiento de jóvenes y de grupos ambientalistas que marchaban hacia el centro. Chicas y muchachos y viejos militantes pacifistas, grupos feministas, militantes gay y antiguerra que se acercaban a apoyar a Munk en su derecho a defenderse y hacerse oír. *Voice for Munk, voice for Munk,* iban repitiendo como si fuera un mantra o una letanía. Se veían grafitis con la imagen de la cabaña del bosque y una leyenda que ahora se había personalizado: *Munk for President.* Los anarquistas lo consideraban un prisionero de guerra, un rehén del capitalismo.

En una oficina al costado del penal se juntaban periodistas, curiosos, abogados y turistas, allí se solicitaba el permiso para las visitas. Yo llevaba la carta de Parker con el visto bueno de Menéndez, y mostré mis credenciales y expliqué vagamente el sentido de mi presencia. Espero corroborar, le dije a la fornida mujer policía que me atendió, si Munk había conocido a una ex estudiante de Berkeley, luego profesora en una gran universidad del este, porque ese dato puede ser útil en la causa. Mostré, ante la cara asombrada de la vigilante, la foto de Ida y los subrayados del libro de Conrad. La mujer dijo que tenía que consultar y habló con un tal Reynolds y dijo, hablando en un móvil que se perdía en sus manos de giganta, sí, no, no, sí, no, sí, sí, y luego, alzando la cara hacia mí, me avisó que muy posiblemente pudiera verlo mañana, tenía que venir a primera hora.

Salí a la calle y me acerqué al lugar de reunión de los manifestantes en el Capitol Park, a unos cuatrocientos metros de la prisión. La policía con cascos y escudos había rodeado los extremos del parque y no dejaba avanzar hacia la cárcel pero sí entrar libremente en la plaza por un estrecho pasaje entre uniformes azules.

Los dirigentes habían organizado muy bien el lugar y por un megáfono indicaban dónde estaban los baños químicos que habían instalado a un costado, pedían que tiraran la basura en los cestos, que no usaran material no degradable, que quienes querían hablar podían anotarse en el escenario improvisado en el medio del parque. Arriba de la tarima, un grupo con dos guitarras, un teclado y un bajo, los cuatro con pinta de orientales, quizá hijos de japoneses o de coreanos o de vietnamitas, que se habían autodenominado Munk for Munk, tocaba rock acústico con letras rapeadas a partir de las consignas *Out, out of the Obvious*, o seguían aliteraciones anarquistas como *Free, free, freedom for Fire*, o también viejas consignas revolucionarias refaccionadas como *One, two, much Munk*, y a veces cantaban estribillos roqueros de aire dadá como *Mucus, Mud, Muddle..., ¡Munk!*

Los que se manifestaban en el parque eran estudiantes de los *colleges* y los institutos de la zona, que se identificaban con el universitario brillante que se había rebelado contra el Sistema, del que ellos hablaban usando la mayúscula. Había también grupos de poetas que recitaban sus versos y armaron foros de discusión. Los que caminaban por los alrededores llevaban collares, tatuajes y vinchas, se colgaban flores del pelo, y tenían algo de colegiales de vacaciones, me hacían acordar a los picnics que organizaba el Partido Comunista en la época en la que yo iba al secundario (pero no a esos picnics). Grupos de chicos buenos que defienden buenas causas, con una alegría a toda prueba. ¿A qué se debía la fascinación que producía Munk? A la cualidad pura de su rebelión; era malvada, era demoníaca, y era un gran acontecimiento en la lucha contra la injusticia y la manipulación. Era un héroe norteamericano en sentido pleno: un individuo muy educado, un intelectual de gran relieve académico, que toma la decisión de abandonar todos sus bienes y se retira a vivir en un bosque, con la elegancia y la sencillez de un monje y que, a consecuencia de sus reflexiones y de su experiencia, decide mostrar que la rebelión es posible, que un hombre solo puede poner en jaque al FBI.

Ésas eran las opiniones que se recogían en las discusiones y en los corrillos y entre los activistas que acampaban en el parque. No era una manifestación política, sino un nuevo tipo de agitación, una *fiesta,* como si festejaran a un legendario grupo de rock que no terminaba nunca de llegar. Estaban solos. No había ningún canal de televisión, no había periodistas ni fotógrafos cubriendo el evento, pero ellos se comunicaban con sus móviles y sus carteles, y un par de radios alternativas transmitían el acto desde una carpa blanca. Eran en total unas tres mil o cuatro mil personas, eran mujeres, niños, viejos, jóvenes, luchadores sociales y pacifistas, que sostenían la acción de un terrorista o, en todo caso, la necesidad de que fuera escuchado.

Habían llegado desde las colinas del sur de California, desde los valles centrales, desde los vigilantes villorrios iluminados toda la noche del Middle West, en caravanas, en autos desvencijados, en los Greyhound, en coches sport, en camionetas rurales, una marcha incesante de viejos idealistas, hijos de hippies, de fumados, defensores de los animales, ecologistas, pacifistas, antirracistas, feministas, poetas inéditos, artesanos de Big Sur, pero también defensores de los derechos humanos de Nueva York y de Chicago, defensores de las minorías, una marea de rebeldes, ex marxistas, anarquistas, trotskistas, muchos habían luchado contra la guerra de Vietnam, contra la guerra del Golfo, contra los pesticidas y las centrales nucleares, eran defensores de las comunas campesinas, de los pequeños emprendimientos rurales, de la autogestión, del derecho de los presos, de los *homeless,* de todas las causas perdidas y todas las derrotas, como si Thomas Munk se hubiera atrevido a hacer lo que muchos de ellos hubieran querido hacer o decir, sin atreverse: *¡Matar a todos esos bastardos tecnócratas y capitalistas!*

El gran momento del día fue la performance organizada por un grupo de artistas de vanguardia de San Francisco que actuaron fragmentos de *Ubú Rey* de Jarry ante las videocámaras de seguridad de todos los edificios públicos y los reductos protegidos de la ciudad de Sacramento; actuaban en pequeños grupos en las esquinas, frente a los bancos, en los estacionamientos, los cajeros automáticos, los baños de las estaciones, las esquinas peligrosas, los aeropuertos. Representaban para el ojo de la cámara en la puerta de los edificios, en los pasillos de los supermercados. Pequeños grupos de agit-prop que durante veinticuatro horas saturaron las imágenes de seguridad de toda la ciudad con sus actuaciones, recitando los parlamentos explosivos de Jarry, agitando pancartas y difundiendo canciones frente a la policía, que, al atacarlos, pasaba a formar parte del *happening*.

Paralelamente hicieron una presentación formal ante la Corte Suprema del estado exigiendo que ese material fuera preservado porque se trataba de una obra de arte, financiada por el National Award for Theatre y por The Popular Art Museum de Santa Cruz, y no podía ser censurada, ni destruida, sin atentar contra la Constitución de los Estados Unidos, que preservaba la libertad de expresión y el trabajo artístico.

5

Al fin de la tarde me detuve ante un grupo que había levantado una tarima y los escuché discutir y reír y repudiar la nueva ley antiterrorista que quería hacer aprobar Clinton. Consideraban a Munk un nuevo Thoreau («Thoreau enfurecido») que había levantado el derecho a la desobediencia civil, que incluía —según ellos— el derecho a la violencia frente a un Estado represivo que llevaba periódicamente el país a la guerra para sostener la maquinaria infernal de las fábricas de armamento. Consideraban que Munk había sido el primero que había respondido activamente a la demanda implícita de la sociedad por la defensa del mundo natural y de la justicia social. Sólo había atacado a las figuras ocultas que sostenían el andamiaje social y la estructura tecnológico-militar. No había puesto la mira en los títeres políticos ni en los congresistas corruptos, tampoco atacó a los policías ni a los verdugos a sueldo, no atacó a los responsables económicos y financieros de la catástrofe, atacó a los que conocía mejor que nadie, a la *intelligentzia* tecnológica del capitalismo criminal, a sus responsables conceptuales, a sus ideólogos, a los científicos enloquecidos con sus máquinas infernales y sus prácticas biológicas. Estaba mal matar, pero estaba bien defenderse y, sobre todo, usar la violencia para romper el muro de silencio y dar a conocer el nuevo *Manifiesto libertario*, una pieza teórica que estaba en la mejor tradición norteamericana, la tradición de Jim Brown, de Malcolm X, de Chomsky. El tono del *Manifiesto* los había cautivado. Sus argumentos eran magníficos, sus palabras nobles y ardientes. No había consignas prácticas que interrumpieran la magia de las frases, salvo una especie de nota al pie en la última página, escrita a mano, evidentemente después de la primera redacción, con un pulso firme, que podía ser considerada la exposición de un método. Era muy simple y era una cita que —ante la repetida apelación patética a los sentimientos altruistas que la izquierda norteamericana solía alzar melancólicamente en sus marchas pacifistas— parecía brillar, luminosa y terrible, como un relámpago en un cielo sereno: «¡Hay que matar a todos esos bastardos tecnócratas y capitalistas!».

Había escrito esa frase en la copia personal antes de enviarla al *New York Times* y al *Washington Post* y ahora era una de las pruebas de la fiscalía para demostrar que quien había colocado las bombas era el mismo que había escrito el informe.

Munk parecía haber olvidado ese importante post scríptum, y estaba seguro de que su «panfleto» (así llamaba al *Manifiesto*) sería la base de una reivindicación de su memoria en el futuro. No va a ser olvidado, dijo un hombre muy elegante, con la cara cubierta de pequeñas cicatrices vaya uno a saber de qué guerras, que bajo la sombra de un árbol contaba que hacía meses había pasado una noche conversando con Tom en el bar de una estación terminal en Oklahoma; los dos habían perdido el último ómnibus y habían esperado juntos el primer servicio de la mañana. El que hablaba era un hombre de pelo gris, que desentonaba en el lugar porque iba vestido con un traje de hilo blanco, zapatos combinados, camisa celeste y corbata gris. Tenía un aire señorial pero también algo de rufián y de dandi. Hablaba con un tono reposado y había captado la atención de quienes lo rodeaban. Habían pasado la noche charlando en ese *drugstore* medio vacío en la semicerrada estación y Munk no habló de bombas o de violencia pero sí de sus grandes planes. Parecía un hombre que necesitaba hablar, que sólo necesitaba un alma que lo escuchara. Me dijo que era viajante, y me dio un nombre cualquiera (Kurtz o Kurzio, ya no recuerdo), pero yo desde luego no le creí y pensé que era un fugitivo, un pastor evangélico expulsado de su comunidad por abuso sexual, o un escritor fracasado o un rentista que había sido estafado. Ahora sabemos que es un asesino, pero en aquel momento percibí algo inquietante y atractivo en él, peligroso para sí mismo, y pensé que era un suicida. Parecía abrumado, como si estuviera a punto de desertar, dijo el hombre de blanco, pero lo que me impresionó fue ver su mano quemada, la izquierda, sin vendar pero con la piel escamada, como alguien cuyo trabajo consistía en poner las manos en el fuego.

CAPÍTULO DOCE

1

Llegué a la prisión a las diez de la mañana; en la mesa de entrada presenté mis documentos y la carta de Parker y, en la zona de control, pedí hablar con el doctor Beck, un médico residente en el penal, amigo —o empleado— de Sam Carrington, que lo usaba de nexo entre sus chicos (como llamaba a los internos) y su negocio de autos usados. Al rato apareció, era un gordo exultante, con aire de curandero de feria, vestido con un guardapolvo blanco con su nombre bordado. Imaginé las paredes de su consultorio con títulos encuadrados y vagos diplomas académicos. No parecía tener mucho que hacer esa mañana y fumaba en una pipa de nácar, lo que acentuaba su aspecto de actor de comedia. Lo cierto es que gracias a él (y a otros cien dólares) pude entrar sin problemas y atravesar todos los controles.

Una prisión de alta seguridad en los Estados Unidos es una institución compleja, quizá la más compleja forma de vida social que uno pueda imaginar, me dijo el doctor mientras bajamos en un ascensor con paredes de vidrio. En realidad, es un laboratorio experimental de la conducta de los hombres en condiciones extremas, un excelente lugar de trabajo para un médico psiquiatra como yo, dijo. Salimos a un patio cubierto y luego de atravesar un pasillo tubular nos detuvimos frente a una imperativa reja blanca. El doctor Beck me presentó ante la guardia y se retiró. Nos veríamos del otro lado cuando yo pasara la zona de control. Escuché que cerraban con cerrojo atrás de mí y bajé al sótano acompañado por un carcelero.

Al fondo estaba la sala de identificación, una habitación oscura que tenía al frente una malla metálica que no permitía ver del otro lado. Sobre la pared posterior, había rayas que marcaban el lugar donde había que pararse y una serie de números para medir la altura de la persona que iba a ser fichada. Frente a mí, en el cielo raso, había varios reflectores que inmediatamente me encandilaron. El guardia que me había acompañado se alejó y quedé solo en la sala. Me indicaron por un altavoz que me colocase en el medio de las rayas blancas bajo un tragaluz enrejado. Detrás de la malla todo estaba oscuro y desde ahí llegaba la voz que me hacía las preguntas. A quién quería ver (ya lo sabían), con qué objeto, les dije que tenía que mostrarle al detenido unos documentos que podían ser útiles en la causa. Me preguntaron si tenía antecedentes, si tenía marcas o cicatrices, a qué religión pertenecía, a qué raza, si era adicto a las drogas. Todos esos datos los reciben cuando uno completa el formulario para pedir la autorización, pero volvían a repetirlo por si uno se equivocaba o daba otros datos o por pura rutina. La cuestión era cansar a los visitantes y tratarlos como si fueran a ser encarcelados. Me sacaron fotos de frente y de perfil y me mantuvieron largos minutos bajo la luz enceguecedora para intimidarme, supongo. La voz que venía desde los altavoces siguió al rato con las indicaciones. Párese derecho, alce el mentón, eche atrás los hombros, sáquese los anteojos, mire hacia delante, gire hacia la izquierda, ahora hacia la derecha, manténgase de perfil. Sáquese la ropa, déjela sobre el piso. Párese de espaldas, agáchese, abra sus nalgas («muestre el culo»). Párese derecho, de frente ahora, levante los brazos, a ver las axilas, levántese los testículos. Bien, ahora gire la cara hacia la luz, abra la boca y saque la lengua, exhiba la dentadura. Las manos separadas, los dedos bien abiertos, palmas hacia arriba, palmas hacia abajo. Vístase. La luz se apagó. Imaginaban que uno podía esconder droga en algún orificio, o quizá una púa envuelta en cinta plástica escondida en las entretelas del alma. Una faca, podía ser, un poco de merca para los chicos presos, un boletín del Partido Obrero impreso en invisible papel de arroz. Había visitado en la cárcel durante años al Beto Carranza, un amigo que había tenido la fortuna de caer preso antes del golpe militar de 1976, y a pesar de que sufrió la tortura y varios simulacros de fusilamiento fue puesto a disposición del Poder Ejecutivo y se salvó de ser asesinado clandestinamente. En la cárcel de Devoto, cuando lo visitaba, en esos años los guardias te avisaban que estabas fichado, te preguntaban si eras de la orga, si eras trosko o puto, si eras judío y comunista (o sólo judío) y al final te pedían plata para cigarrillos. Los amigos de los detenidos pasábamos efectivamente cartas escritas con letra microscópica en papeles de armar cigarrillos o transmitíamos mensajes aprendidos de memoria. Me acuerdo de que cuando Carranza aparecía en la sala de visitas estaba siempre contento y era optimista y nos daba esperanzas a nosotros, que veníamos de la calle.

Terminada la revisión, salí del cuarto y pasé a una oficina donde dejé el dinero que llevaba, las tarjetas de crédito, las llaves. El libro de Conrad formaba parte de los objetos que se podían entrar en una zona de alta seguridad.

Cuando salí de la sala de identificaciones, me estaba esperando el doctor Beck. Según él, la cárcel era uno de los lugares más tranquilos del mundo, se podía caminar de noche por los pasillos entre las celdas sin problemas. Aquí la vida estaba en suspenso, no tenía propósito ni significado. En una celda se puede ver una frazada amarronada en el piso de cemento y a un hombre que no logra dormir o que ni siquiera trata de dormir, sentado al borde de la cama, con los pies descalzos sobre la manta, inmóvil, esperando que llegue la mañana. Hay muchos negros y latinos presos (son el 67 %), y el 25 % de los reclusos restantes son blancos, dijo el médico, el otro 8 % son orientales, pero el 67 % de los guardias son blancos, en general blancos pobres de Luisiana o de Virginia, que antes trabajaban en la zona de carga y descarga de las plantaciones o en los muelles pero se habían quedado sin trabajo y se conchababan como guardiacárceles. Preferían vivir encerrados a estar sin trabajo. El doctor Beck también había entrado a trabajar aquí porque no veía otra perspectiva y estaba cómodo en esa función, porque salvo los heridos en las peleas —puntazos, cabezazos. que aplastaban la nariz— y en las violaciones no consentidas, la mayoría tenía enfermedades livianas y pasaba un tiempo en la enfermería para descargar la tensión de la convivencia.

En cuanto a Munk, todos lo trataban con mucha consideración y lo llamaban el Profesor, lo habían trasladado a la zona de aislamiento, pero en la medida en que no había matado a ningún policía era considerado un prisionero normal. El está bien ahora, dijo el doctor Beck, nosotros estamos convencidos de que no es un psicótico, todo lo contrario, es un hombre agradable, estudioso, de poco hablar. Ah, no creo que sea fácil encontrar una persona como él. Un gran hombre, una mente luminosa. Vive en su mundo, piensa todo el tiempo. Ha ampliado mi inteligencia no sólo por la posibilidad de charlar de vez en cuando con él, sino por su historia. Vivió solo en el bosque sin luz eléctrica ni televisión, así que acá se siente en la gloria, él no lo dice pero yo me doy cuenta.

Habíamos bajado piso tras piso por una escalera de cemento hasta llegar a la zona gris, también llamada «la cortada» (Short Cut). Ahí estaban los asesinos, los psicópatas, los criminales más aguerridos que esperaban la sentencia. Era lo que técnicamente podía llamarse el área psiquiátrica del penal, aunque Beck se reía de esa denominación. Los locos están afuera, amigo, sé lo que le digo, acá sólo hay criminales desahuciados, dijo, y me dejó solo frente a un pasillo de cemento tan limpio que parecía enlozado.

2

La sala de visitas era un recinto blanco con altas ventanas enrejadas y luz clara. Un guardia me recibió y me ubicó ante una mesa rectangular, y luego se acomodó en el fondo del cuarto vacío, como el aburrido cuidador de un museo que mira sin ver las obras maestras en exhibición. Una de las paredes daba la sensación de ser una cámara Gesell, es decir un espejo invisible que permitiría vigilarnos desde el otro lado. Me hizo acordar al acuario privado de D'Amato con el tiburón blanco nadando empecinado en las aguas claras a la espera de la presa. Un reloj circular de grandes agujas negras marcaría el tiempo de la visita, y ya había empezado a marchar.

Al fondo se escucharon voces lejanas y ruidos de pasos metálicos que se acercaban por el corredor de entrada. «No me gusta cuando la gente habla de mí como si yo no estuviera presente», se oyó decir a alguien. «Tranquilo, Mistah Munk», le contestó el guardia, un negro de pelo blanco, mientras entraban en el cuarto.

Thomas Munk era más alto de lo que yo imaginaba, tenía un aire sereno e inesperados ojos celestes. Estaba ahí vestido con un uniforme marrón de penado, una especie de pijama que le quedaba demasiado grande, llevaba las piernas engrilladas con una barra de metal en los tobillos y sin embargo conservaba un aire distinguido, como si su distinción no dependiera de ninguna circunstancia externa. Al moverse sus pasos tintineaban con un sonido tétrico, estaba *detenido* y la palabra cobró para mí por primera vez todo su sentido. Una presión férrea, mecánica, una eficiencia disparatada, impersonal, que tiene la potestad de inmovilizar a un hombre.

Se había ubicado justo frente a mí, al otro lado de la mesa; estaba tan cerca que me tiré un poco atrás en la silla, mientras él abría y cerraba la mano izquierda manchada de cicatrices y quemaduras.

Le quedaba poco tiempo, dijo, había cosas que quería decir y quería que algunas de sus ideas pudieran ser escuchadas *de primera mano*. Agradecía a quienes venían a verlo, tenía muchas solicitudes de entrevista, pero me había recibido porque lo había intrigado que yo viniera de Buenos Aires.

—¿Cierto que los revolucionarios argentinos llevaban una pastilla de cianuro? —preguntó.

—Para evitar la tortura... No es que quisieran morir.

—Entiendo —dijo.

—Cuando se desató la represión, la media de vida de un activista en la clandestinidad era de tres meses...

—En este país la clandestinidad es imposible —dijo—, un hombre puede esconderse durante un tiempo pero será siempre filmado y observado, haga lo que haga, y leerán su correspondencia, vigilarán su cuenta de banco y allanarán en secreto su casa y las casas de sus amigos. La única manera de mantenerse a salvo es estar solo en un lugar apartado. En la isla desierta se rumia, se murmura, se masculla, se piensa. Nadie puede saber lo que tramamos, los pensamientos no se pueden *ver*. En eso consiste hoy la clandestinidad, hay que replegarse y empezar de nuevo. Vivimos en una época de reflujo y derrota; hay que ser capaz de estar solo para volver a empezar. La naturaleza tomó la precaución de que las ideas sean *invisibles*. Es el último refugio de la rebelión. Antes era posible construir grupos clandestinos, pequeñas organizaciones férreas, una red de células cerradas, disciplinadas y eficaces. Esa etapa terminó, hubo una serie terrible de derrotas. Ahora hay que empezar otra vez, estamos en la época de los hombres solos, de las conspiraciones personales, de la acción solitaria. Solamente podemos resistir escondiendo nuestros pensamientos invisibles, confundiéndolos con la multitud. Somos individuos dispersos, metidos en los bosques, perdidos en las grandes ciudades, sujetos en fuga extraviados en las praderas. Estamos aislados pero somos muchos. Hemos pasado de la masa a la manada. Ésa es la nueva situación política: dispersión, retroceso, la vanguardia está perdida atrás de las líneas enemigas. Kropotkin, el príncipe Kropotkin, el revolucionario ruso, el brillante teórico anarquista, llamaba *consistency* (consistencia) a la energía que mantiene ligados a los hombres en situación de acoso y de peligro. Unidos en la dispersión, desconocidos entre sí, estos grupos en fusión cambian constantemente: de dirección, de dimensión, de territorio, de velocidad.

El anarquismo niega la falsa distinción entre lo uno y lo múltiple: *El individuo,* para empezar y contrariamente a la etimología de la palabra, *es múltiple.* El Príncipe lo llamaba un *compuesto de potencia,* cada individuo es un colectivo de fuerzas y cada colectivo puede ser concebido como un individuo. Como dice la Biblia: «El alfarero puede hacer una vasija para la honra y otra para la deshonra. Vasijas de ira, vasijas de compasión» (Epístola a los romanos 9.21). Es decir —dijo— una vida para la honra; una vida para la deshonra. Una vida de ira. Una vida de compasión. Cada forma de vida tiene sus valores, su lenguaje y su ley, y están en constante cambio y redefinición. La subjetividad anarquista es variable. Su discontinuidad es un hecho que Kropotkin explica como la «resultante» de una serie de unidades autónomas y de secuencias que la componen simultáneamente.

Nuestras más íntimas memorias, nuestros más íntimos sentimientos, nuestras formas de vivir son múltiples. Cada decisión que tomamos cierra una serie de alternativas posibles. ¿Qué pasa si intentamos tomar a la vez varias decisiones contradictorias y las mantenemos separadas como series abiertas? Una vida política, una vida académica, una vida sentimental, familiar, sexual, religiosa que tengan entre sí relaciones muy difusas (por no decir clandestinas).

Se expresaba sin énfasis, un poco cansado, como quien se encuentra con un desconocido en un tren y entabla una conversación casual y errática. Había empezado a estudiar a sus compañeros de reclusión, cuyas conductas no dejaban de sorprenderlo. Estaban tranquilos mirando las imágenes de la televisión en la sala de descanso y era ahí donde se desencadenaban las rebeliones más sangrientas. Los enfurecía ver a los que estaban afuera, viviendo normalmente. No era la opresión lo que los hacía rebelarse, sino la repetición trivial de los gestos cotidianos que se reflejaba en la pantalla. Saber que la vida transcurría fuera de allí los enfurecía y los sublevaba.

A veces, dijo después, lo sorprendía la nostalgia por épocas que no recordaba haber vivido. Había un patio con macetas rojas y geranios y se escuchaba un piano. Era su madre. La extrañaba pero no quería verla, ella se relacionaba con el aspecto más débil de su espíritu. Tocaba el piano de un modo tan verdadero mi madre, agregó, que siempre la recuerdo con emoción sentada frente al teclado, con sus anteojos de leer música. Era una pianista polaca, es decir, no era rusa, y se sentía inferior pero era excelente. La música expresa los pensamientos mejor que ninguna otra cosa, dijo.

(El ejercicio de imaginar mundos posibles o sociedades alternativas es una constante del pensamiento utópico, pero a nadie se le ha ocurrido —salvo por accidente o por azar— imaginar varias vidas personales simultáneas, radicalmente distintas una de otra, y luego ser capaz de vivirlas.)

—He buscado expresar mis pensamientos por medio de la *acción directa*. ¿Está tomando nota? —Me miró como si despertara y sonrió—. Pero, entonces, usted ¿qué busca aquí?

—Soy amigo de Ida Brown. —Siguió imperturbable, no era alguien a quien se pudiera sorprender con esos trucos—. Tengo una foto —dije, y la puse sobre la mesa. La estudió con cuidado. Una muchacha sonriente y un joven huidizo. ¿Se acordaba de ella?—. Era estudiante graduada en Berkeley. Murió en un accidente. ¿La conocía?

La había conocido, sí, hace mucho tiempo, dijo. ¿Y la había seguido viendo? La había visto, sí, un par de veces, después. Era una amiga, se podía confiar en ella. Convinimos en eso, como dos desconocidos que se sorprenden al saber que han querido a la misma mujer. Pero no dijo nada parecido, lo estoy imaginando, porque no hubo confidencias, y el único punto de contacto fue que al nombrar a Ida Brown empezamos a hablar en castellano y de inmediato el policía que estaba con nosotros encendió una luz roja.

—No le haga caso. Van a tardar más tiempo en descifrar lo que graban, pero Menéndez nos va a entender, él es el único que puede estar interesado en esta conversación, y si usted está aquí es porque él lo ha permitido —dijo—. El mexicano trata de *entender*... el misterio de la personalidad criminal —dijo con sorna—. Es un perro que no puede atrapar a un tábano, sólo siente la picadura. Y salta. Da dentelladas al aire, ladra en la noche. ¿Puede un perro comprender a un tábano?

Según Munk, el FBI acumulaba pruebas, consultaba con expertos, usaba sus laboratorios científicos, sus laberínticos archivos interconectados con todas las policías del mundo, tiraba la red para atrapar al delfín, pero al final resolvían —lo que resuelvan— con la tortura, el chantaje, la delación.

—Mi hermano, por ejemplo, es peor que mi lora Daisy, ella por lo menos no sabe lo que dice. Le dieron un millón de dólares de *recompensa y* le juraron que *no* iban a colgarme de un árbol.

Parecía hablar para sí mismo, indiferente a la simpatía o la antipatía de quien lo escuchara gracias al hábito que había adquirido de pensar en voz alta, en la soledad del bosque, como el eremita que en el desierto habla de sus visiones. No creo que esté reproduciendo fielmente sus palabras porque las escribí cuando volví al hotel, horas después, pero algunos de sus dichos están en mis notas y he tratado de transmitir el sentido de lo que expresó ese día.

Con mi teorema de las decisiones, dijo después, gané la Medalla Fields. No bien recibí el dinero de la Medalla Fields, abandoné todo y ése fue mi punto de partida. Le habían dado la medalla por sus avances en la lógica de las decisiones. Se trataba, según él, de experimentar con las vidas posibles y las vidas ficcionales. En los dos casos estamos inmersos en un mundo que es *como* el mundo real y estamos inmersos *como* lo estaríamos en el mundo real. La clave es que los universos ficcionales —a diferencia de los mundos posibles— son incompletos (por eso no podemos saber qué hizo Marlow después de que terminó de contar la historia de Lord Jim). Munk se había propuesto completar *políticamente* ciertas tramas no resueltas y actuar en consecuencia. Prefería partir de una intriga previa. Eso fue todo lo que dijo sobre su lectura de las novelas de Conrad.

Al principio, había pensado escribir en cuadernos distintos cada una de las series alternativas de su vida: pero luego comprendió que lo interesante eran las intersecciones. Para no comprometer a nadie, había muchísimas páginas cifradas en su *Diario*, escritas con un sistema de códigos móviles, de su invención, ¡que cambiaban según la hora del día! A las tres de la tarde las palabras querían decir una cosa, pero a medianoche ya su sentido era otro.

Sabía que los técnicos del FBI habían tenido que recurrir a la NASA y los criptógrafos de la NASA habían intentado recurrir a los rusos, pero los rusos estaban dedicados a descifrar los códigos de las cuentas secretas de los ex jerarcas del Partido Comunista en Suiza y no quisieron colaborar en algo tan superfluo como descifrar el diario de un ex matemático.

—Los rusos han perdido todo pero conservan el desprecio por los norteamericanos, en eso yo también soy ruso.

No crea que no pienso en los muertos, dijo después. Son iguales a mí, yo podía haber sido uno de ellos. Grandes científicos, perfectos canallas, hombres sensibles. John Kline amaba los pájaros. James Korda, un teólogo, tenía un amante que no pudo expresar su dolor para no delatarlo. Leon Singer fue socialista toda su vida y eso le trajo problemas en su carrera académica. Aaron Lowen no había soportado el exilio. Eran ingenuos y, por su ambición personal, que ellos llamaban amor a la ciencia, avanzaban destruyendo todo a su paso, como los bulldozer que tiran abajo bosques y montes sagrados. Olvidaban —o no querían ver— las consecuencias de sus actos. El mal es eso: no hacerse cargo de las consecuencias de los actos. Las consecuencias, no los resultados. Las consecuencias, dijo. El problema perpetuo es cómo ligar el pensamiento a la acción. Hay actos que expresan claramente los modos de pensar: en eso ellos eran como él.

La luz del lugar era una luz perpetua, los tubos fluorescentes creaban una atmósfera siempre diurna. El policía sentado en un costado parecía dormitar con los ojos abiertos. La conversación, o mejor, el monólogo, era de vez en cuando interrumpido por gritos o lamentos o golpes contra las rejas y por el sonido lejano, intermitente, filoso, de las voces irreales de la televisión, los sonidos entraban por las rejillas del aire acondicionado. Tampoco había silencio en la cárcel. Jamás, dijo, y sonrió como si me hubiera descubierto de nuevo. Entonces me preguntó qué le decía.

—¿Qué me decía? —dijo.

—Usted habría recibido una carta de Ida Brown.

Tardó en mover sus piezas.

—¿Una carta?

—Déjeme plantearlo de esta manera —le dije—. Ida habría descubierto por azar en la novela de Conrad ciertas relaciones con su modo de actuar. Una coincidencia, quizá, y, para no denunciarlo, le habría escrito una carta previniéndolo. —Me miró imperturbable y yo continué—. Al decidirse por la novela de Conrad, usted habría debido inferir, como haría un plagiario, la posibilidad de que alguien por azar, al estar justo leyendo ese libro, podía descubrir la conexión. El FBI entrevió alguna relación entre la novela y sus acciones pero no pudo avanzar. Un libro en sí mismo, aislado, no significa nada. Hacía falta un lector capaz de establecer el nexo y reponer el contexto. Los subrayados son nítidos, las fechas coinciden. Ella enseñó la novela en la primera semana de marzo. Por lo tanto debió de haber enviado la carta antes del trece, porque ese día me dejó el libro, se lo olvidó, digamos, o me usó a mí de control... por si le pasaba algo. —Se había reanimado y me miraba atento—. No sé qué le diría ella en la carta, pero por lo poco que la conocí puedo asegurar que no iba a delatarlo sin avisarle antes, sin decirle que lo había descubierto e incluso sin proponerle que escapara, que dejara de hacer lo que hacía.

Tardó en contestar.

—No recibo cartas desde hace meses y las que recibo, las rompo sin leerlas.

Había sin embargo algunos puntos ciegos. Yo estaba convencido de que la muerte de Ida no había sido un accidente. Cada uno debe ser —por lo menos— dueño de su propia muerte. La integridad depende de eso.

—¿Usted sabe lo que es la integridad?

—Hubiera usado la integridad para no matar a gente inocente.

—La integridad en mi caso es una virtud posterior a los hechos —dijo—. ¡Nunca hay que explicar lo que uno hace y nunca hay que justificarse!

Si hubiera guardado silencio sobre sus razones, dijo después, habría triunfado. Una serie de muertes incomprensibles, una obra de arte malvada y perfecta, toda la sociedad dando vueltas sobre un punto ciego. Rechazaba a los moralistas que mataban y destruían en nombre de las buenas razones. Sus argumentos, en cambio, no eran compatibles con los asesinatos que cometía. Nunca había dicho *por qué hacía lo que hacía*. De ese modo había logrado la soberanía absoluta, una soberanía prepolítica y ultramoral, dijo. No había ninguna propuesta en el futuro que justificara los actos presentes: se negaba a la esperanza utópica, siempre pospuesta, tercamente postergada, que sin embargo se presentaba como el horizonte último de la acción. Nunca lo dijo abiertamente, pero creía que la violencia política se explicaba por sí misma. Era un concepto, no necesitaba explicación. Era un ejemplo, un caso, algo que se daba a pensar. Funcionaba como los casos imaginarios en la historia de la filosofía: la caverna de Platón; la carrera de Aquiles y la tortuga.

Pero había algo que escapaba a esa lógica, le dije, porque la muerte de Ida había obedecido a una causa y yo le proponía una interpretación. Ella no lo habría querido delatar —repetí—, y le envió una carta para avisarle...

—No fue así —dijo.

—¿Entonces Ida colaboraba con usted?

Un rostro impasible, aterrador.

—No afirmo ni niego —dijo.

No podía mentir ¿o quería que yo *creyera* que no podía mentir?

—En mi país ha pasado muchas veces. La bomba a veces le explota a quien la lleva. Ella colaboraba con usted —dije como si fuera una evidencia—. Posiblemente ese día transportaba una de las cartas.

—No afirmo ni niego.

—Al final estaba asustada..., horrorizada, quizá. Y murió sola.

—Sola no —dijo—. Somos muchos en este país.

Ya conocía ese lenguaje; un ejército invisible, una guerra secreta. Héroes anónimos. Había estado todo el tiempo pensando en un joven trotskista, muy querido, el Vasco Bengoechea, brillante, dinámico, que había muerto al mover una bomba —un «caño», como se dice en la Argentina— que estalló inesperadamente y lo mató en su departamento de la calle Gascón, en Buenos Aires.

—Por eso vine a verlo, y así al menos su muerte tendrá un sentido.

—¿Un sentido? —preguntó.

—Ella era una intelectual destacada y es posible que hubiera encarado una lucha secreta en defensa de sus principios y sus ideales. No importa si estaba equivocada o tenía razón, pero murió por algo en lo que ella creía y eso daba sentido a su muerte...

—Ida fue una mujer valiente. Nosotros la tenemos en cuenta.

—¿Nosotros?

—Usted y yo. Con eso basta para recordarla.

—¿Cuándo fue la última vez que la vio?

—Vea —me dijo en su español perfecto—, no pienso comprometer a nadie. Se leen en los libros casos como el mío, pero cuando las cosas le suceden a uno son siempre más sucias y nada elevadas o dramáticas. Es simplemente sórdido y horrendo —dijo Munk—. Hay que hacer lo que hay que hacer, algunas veces parece imposible o inútil y otras veces simplemente es atroz. Tenemos que empezar de nuevo, de cero, como en los viejos tiempos, estamos solos pero se puede resistir y triunfar. —Hizo un gesto con las manos—. Muchas veces en mi vida... —dijo, pero lo interrumpió la campanilla del reloj. El tiempo había terminado—. Está bien entonces —dijo, y se incorporó, dificultosamente, con sus piernas engrilladas.

Se alejó seguido por el guardián negro que lo conducía por el pasillo como quien mueve a un gran animal herido.

—Con cuidado, Mistah Munk, con cuidado.

3

Cuando volví al hotel las palabras de Munk sonaban todavía en mis oídos. Fue la muerte accidental de Ida lo que lo hizo romper el silencio y enviar el *Manifiesto* que lo llevó a la ruina. ¿Fue así? No me dio explicaciones. «Somos varios», había dicho. Era una frase ambigua que sólo podía ser comprendida si uno conocía sus ideas. «Soy Chambige, soy Badinguet, soy Prado, soy todos los nombres de la historia.» No ser nunca uno mismo, cambiar de identidad, inventarse un pasado.

Ella era así también, estoy seguro, tuve una evidencia, un pequeño atisbo de su pasión por el secreto, por la vida oculta. Podía imaginarme perfectamente los viajes nocturnos de Ida a ciudades lejanas, los gestos estudiados, los peligros que la hacían detenerse en la calle con un arma en la cartera y el corazón en la boca. Si hubiera muerto en uno de sus viajes clandestinos y hubiera sido descubierta, todos estarían hablando de ella, para condenarla y maldecirla, pero la mantendrían viva al menos mientras la insultaban. Hay que estar muy desesperado y a la vez sentir un odio frío y lúcido, para salir a matar. Tal vez fue así. No afirmo ni niego. No se justifica, ni se explica, pero puede ser posible, incluso justo. Depende de las circunstancias. O tal vez Munk sólo quería imaginar que en los Estados Unidos existía una multitud de jóvenes decididos a entrar en acción, sin conocerse. Había demostrado que un hombre solo podía actuar y eludir durante veinte años al FBI. Puede ser. No afirmo ni niego.

Por la ventana del hotel se veían la lluvia y la noche, era una de esas tormentas de verano violentas y breves. Del otro lado de la playa de estacionamiento del hotel, en las afueras, estaba el campo, la llanura oscurecida y al fondo, lejos, unos brillos inciertos. Eran las luces de la prisión, el alto muro como un cielo estrellado. Pensé que Munk estaría también mirando la lluvia, con las manos en las rejas tal vez podía ver a lo lejos, entre las tinieblas, el reflejo de una luz en la ventana de una pieza de hotel.

Epílogo

Thomas Munk fue ejecutado el 2 de agosto de 2005, diez años después de su captura. La sentencia se postergó varias veces porque hubo apelaciones, interpelaciones y nuevos juicios. Una multitud pedía por él, pero la Corte no hizo lugar a la amnistía. Han pasado muchos años ya desde aquel día, pero recuerdo con precisión ciertos detalles. La silla eléctrica pintada de amarillo en el centro de un recinto vidriado. Las gastadas zapatillas de básquet de Munk, con sus cordones anudados y entrelazados y el ruido de la suela de goma en el piso de cemento. Su madre estaba con él y también el hombre del traje blanco. La trasmisión por el circuito cerrado del penal había sido captada en vivo por un link de internet.

Mi nombre verdadero es Thomas Reginald Munk, no es The Shadow, ni Recycler, ni soy el asesino intelectual, como me afrentan los que me persiguieron inútilmente durante veinte años y sólo pudieron apresarme cuando mi hermano me traicionó.

Busquen la conferencia sobre ética de Ludwig Wittgenstein: «Si un hombre pudiera escribir un libro de ética que fuera realmente un libro de ética, ese libro destruiría todos los demás libros del mundo mediante una explosión.» La ética es ese estallido. Yahvé fue el primer terrorista. Para imponer su Ley se dedicaba a destruir ciudades, y a matar a los hijos de Job. ¿O por qué creen ustedes que Dostoievski pensaba convertir a Aliosha Karamazov, el aspirante a santo, en un revolucionario?

El video de la ejecución estuvo un tiempo en YouTube pero la madre apeló ante la justicia y logró que lo retiraran. Durante un par de semanas fue sustituido por la imagen de Munk recibiendo la Medalla Fields, pero también ese documento se perdió en el mar de la web.

Fue Ida Brown quien me ligó a esa historia y por ella he escrito este libro. Los recuerdos siguen fijos, como láminas. Ella vestida con el gabán gris, con un pañuelo amarillo en la cabeza, espera en la entrada del Hyatt. De pie junto a la cama, se sacaba los aros y empezaba a desnudarse. Tenía unas manchas blancas en la piel, un suave tatuaje pálido que le cruzaba el cuerpo. Eran marcas de nacimiento, rastros del pasado, que la embellecían aún más.

—Soy medio tobiana —sonrió Ida—. ¿Ves, pichón? —Y se inclinó para que viera ese dibujo espectral en su cuerpo—. Mi madre no lo tiene pero mi abuela si, y mi abuela dice que tenemos un antepasado esquimal... Imaginate, una mujer en la blancura del Ártico. Los esquimales nunca dicen su nombre verdadero, es un secreto, sólo lo revelan cuando sienten que van a morir.

Dos semanas después de mi visita a Munk volví a Buenos Aires. Cuando llegué a Ezeiza, en el aeropuerto, me estaba esperando mi amigo Junior, pero ésa es otra historia.

Índice